www.ingramcontent.com/pod-product-compliance
Lightning Source LLC
LaVergne TN
LVHW020426080526
838202LV00055B/5051
* 9 7 8 8 1 1 9 0 2 2 7 3 1 *

سونے کا محل

(بچوں کی کہانیاں)

مصنف:
انور کمال حسینی

© Anwar Kamal Husaini

Sonay ka Mahal *(Kids stories)*

by: Anwar Kamal Husaini

Edition: March '2023
Publisher & Printer:
Taemeer Publications, Hyderabad.

ISBN 978-81-19022-73-1

مصنف یا ناشر کی پیشگی اجازت کے بغیر اس کتاب کا کوئی بھی حصہ کسی بھی شکل میں بشمول ویب سائٹ پر اَپ لوڈنگ کے لیے استعمال نہ کیا جائے۔ نیز اس کتاب پر کسی بھی قسم کے تنازع کو نمٹانے کا اختیار صرف حیدرآباد (تلنگانہ) کی عدلیہ کو ہوگا۔

© انور کمال حسینی

کتاب	:	**سونے کا محل**
مصنف	:	**انور کمال حسینی**
صنف	:	ادب اطفال
ناشر	:	تعمیر پبلی کیشنز (حیدرآباد، انڈیا)
زیر اہتمام	:	تعمیر ویب ڈیولپمنٹ، حیدرآباد
سالِ اشاعت	:	۲۰۲۳ء
تعداد	:	(پرنٹ آن ڈیمانڈ)
طابع	:	تعمیر پبلی کیشنز، حیدرآباد -۲۴
صفحات	:	۱۰۰
سرورق ڈیزائن	:	انور کمال حسینی

فہرست

پیش لفظ	گوپی چند نارنگ	6
کچھ بچوں کی کتابوں کے سلسلے میں	محبوب الرحمٰن فاروقی	7
(۱) پرچوں کی تلاش		12
(۲) چوری پکڑی گئی		17
(۳) پہلے کیا؟		21
(۴) شہزادی شیریں		24
(۵) نمک کا تھیلا		28
(۶) بہادر جاوید		31
(۷) سونے کا محل		40
(۸) غرور کا نتیجہ		56
(۹) سچائی کا پھل		59
(۱۰) جادو کا کھلونا		73
(۱۱) باز بہادر		82

پیش لفظ

انور کمال حسینی اردو کے کہنہ مشق ادیب ہیں۔ زندگی بھر وہ قومی سطح کے شہرہ آفاق ادارے نیشنل بک ٹرسٹ سے بطور مدیر اردو وابستہ رہے، جہاں انہوں نے ہندوستانی ادبیات اور بچوں کے لیے سیکڑوں کتابیں شایع کیں اور ترجمہ کرائیں۔ انھیں بچوں کی ضروریات اور ان کی نفسیات کا پورا پورا اندازہ ہے۔ وہ ناول اور کہانیاں بھی لکھتے رہے ہیں اور متعدد کتابوں کے مصنف اور مترجم ہیں۔ انہوں نے ساہتیہ اکادمی اور دوسرے اشاعتی اداروں کے لیے بھی خاصا کام کیا ہے۔ اب انہوں نے بچوں کے لیے آسان زبان میں دلچسپ کہانیاں لکھی ہیں جو امید ہے کہ مقبول ہوں گی اور ہاتھوں ہاتھ لی جائیں گی۔

-گوپی چند نارنگ

بسم اللہ الرحمٰن الرحیم

کچھ بچوں کی کتابوں کے سلسلے میں

غالباً گزشتہ سال دسمبر کی یہ ایک سرد شام تھی ہر طرف برف باری ہو رہی تھی۔ سردی اور گھنے کہرے کی بدولت سڑکیں ویران ہو گئی تھیں۔ ایسی کہر اور برف بھری رات میں لندن میں کتابوں کی ایک دکان پر چھوٹے چھوٹے بچوں کی میلوں لمبی قطار لگی ہوئی تھی۔ کچھ بچوں کے والدین بھی ان کے ساتھ تھے اور کچھ تنہا ہی سردی میں ٹھٹھر رہے تھے۔ آدھی رات کے بعد دکان کے شٹر کھلے۔ بچوں میں بے چینی بڑھ گئی اور ہر کوئی قطار توڑ کر سب سے پہلے دکان میں داخل ہونا چاہ رہا تھا۔ معلوم ہوا کہ راولنگ کی ہیری پاٹر سیریز کی پانچویں جلد شائع ہو کر ابھی دکان پر آنے والی ہے۔ اس جلد کو حاصل کرنے کے لئے سر شام سے ہی بچوں کی یہ قطار موسم کی پرواہ کئے بغیر لگ گئی تھی۔ انہیں بے چینی سے اس کا انتظار تھا کیونکہ انہیں معلوم تھا کہ اس کتاب کی صرف ۲۳ ملین محدود کاپیاں ہی شائع ہوئی ہیں۔ ہر کوئی اسے پہلے حاصل کرنا چاہتا تھا۔ ۷۰۰ صفحات کی اس کتاب کو جو تقریباً ہندستانی ۶۰۰ روپے کی تھی، سب سے پہلے حاصل کرنے کی ایک ہوڑ لگی ہوئی تھی۔ جن بچوں نے اسے حاصل کر لیا انہوں نے کار کی ہیڈ لائٹس کی مدھم روشنی میں اسے وہیں کھڑے کھڑے پڑھنا شروع کیا۔ صبح ہوتے ہوتے ساری کتابیں فروخت ہو گئی تھیں اور جو بچے دیر سے پہنچے انہیں سوائے کف افسوس ملنے کے کوئی چارہ نہ تھا۔ حالانکہ یہ کتاب ویب سائٹ پر بھی موجود تھی لیکن

اسے انٹرنیٹ کے ذریعے اَن لوڈ کرنے میں کسی کی دلچسپی نہیں تھی۔ یہ اس ملک کے بچوں کا واقعہ ہے جو آج تکنیکی طور پر ایڈوانس ملک سمجھتا جاتا ہے اور جہاں بچے بچے کی انگلیاں کمپیوٹر پر ہوتی ہیں۔ اس جلد کی محدود کاپیاں خود دلی کی مختلف کتابوں کی دکانوں میں ایک ہفتے بعد آنے والی تھیں لیکن یہاں بھی کتاب کی ایک ایک جلد کے لئے ایڈوانس پیسہ جمع ہو چکا تھا اور جس روز یہ کتاب آئی اسی شام فروخت کے لیے اس کی کوئی جلد موجود نہیں تھی۔ یہ الگ بات ہے کہ آج دلی میں فٹ پاتھ پر ہیری پاٹر سیریز کی کچھ کتابوں کا فیک ایڈیشن آسانی سے دستیاب ہے۔ اس کمپیوٹر اور انٹرنیٹ کے زمانے میں بھی جہاں اب امریکہ اور دوسرے ممالک میں دفتروں سے کاغذوں کا چلن ختم ہو گیا ہے اور جہاں تقریباً ہر کتاب انٹرنیٹ اور الیکٹرانک بکس پر موجود ہے وہاں بھی اسپین کی خبر کے مطابق گذشتہ سال کے مقابلہ میں کاغذ کی کھپت میں دو سوٹن کا اضافہ ہو گیا ہے۔ کہنے کا مطلب یہ ہے کہ ساری تکنیکی ترقیوں کے باوجود لکھے ہوئے حروف اور کتابوں کی اہمیت اپنی جگہ برقرار ہے۔ ہیری پاٹر سیریز مکمل جنوں، بھوتوں، اور پریتوں کے محیر العقول واقعات پر مبنی ہے۔ راولنگ نے جب اس سیریز کی پہلی کتاب لکھی تو اس کے پاس اتنا پیسہ نہیں تھا کہ وہ اپنے گھر میں تیز بلب جلا سکتی۔ اس لئے یہ کنواری ماں اپنی بچی کو بچہ گاڑی میں بٹھا کر ہوٹل لے جاتی اور ہوٹل کی روشنی میں وہ اس کتاب کو لکھا کرتی۔ بچی گاڑی میں پڑی رہتی۔ آج یہ مصنفہ انگلینڈ کی امیر ترین اشخاص میں سے ایک ہے۔

ایسا نہیں کہ ہمارے ہاں اردو میں محیر العقول واقعات پر مبنی کتابوں کی کمی ہے۔ دور کیوں جایئے، داستان امیر حمزہ، طلسم ہوش ربا، مثنویاں، محیر العقول واقعات سے بھری ہوئی ہیں لیکن یہ کتابیں جس طرح چھپی ہیں اور جس زبان میں یہ لکھی گئی ہیں نہ ان کو اب پڑھنے والا کوئی ہے اور نہ ہی سمجھنے والا کوئی ہے۔ ان کتابوں کا ایسا کوئی

ایڈیشن نہیں شائع ہو سکا جو بچوں کے پڑھنے کے لائق ہو۔ یوں بھی آج سے چالیس پچاس سال قبل جب ٹی وی کا رواج نہیں ہوا تھا تو گھروں میں دادی اماں، نانی اماں وغیرہ بچوں کو سلانے یا خوفزدہ کرنے کے لئے جنوں کی کہانیاں سنایا کرتی تھیں پچھلی صدی میں ٦٠ کی دھائی میں ہندستان کا مسلمان اپنے کو مسلمان کہتے یا اردو کا نام لیتے خوف سے لرز جاتا تھا۔ ایسے پر آشوب دور میں الٰہ آباد کی رانی منڈی میں عباس حسینی صاحب کے گھر کے سامنے شائقین کی ایک لمبی قطار جاسوسی دنیا کی تازہ کاپیاں حاصل کرنے کے لئے لگ جایا کرتی تھی۔ حالانکہ یہ بچوں کے لئے نہیں ہوتی تھیں لیکن قطار لگانے والوں میں ٨٠ سال کے بوڑھے سے لے کر ١٠ سال کے بچے تک ہوتے تھے۔ کیا خاص بات تھی کہ بچے، جوان اور بوڑھے سبھی اسے دلچسپی سے پڑھتے تھے۔ موٹے طور پر ہم یہ کہہ سکتے ہیں کہ آسان اور سلیس، شگفتہ، ظرافت اور طنز سے مملو زبان لیکن بعض اوقات کرنل فریدی کے عجیب وغریب کرشمہ سازیوں کی وجہ سے نہیں بلکہ سرجنٹ حمید اور قاسم کی شرارتیں ایک ایسی بنیاد تھیں جو ہر شخص کو کتاب کو پہلے حاصل کرنے اور کئی کئی بار پڑھنے پر مجبور کر دیتی تھیں۔ لیکن وہ زمانہ اور تھا اور آج کا زمانہ اور۔

اب نہ اردو میں جاسوسی دنیا لکھی جا رہی ہے اور نہ اردو پڑھنے والے ہی باقی رہے ہیں۔ یہ نہیں کہ آج اردو میں بچوں کے رسالے نہیں نکل رہے ہیں یا بچوں کے لئے کتابیں نہیں لکھی جا رہی ہیں لیکن ان کتابوں اور رسالوں کو دیکھ کر یہ سمجھ میں نہیں آتا کہ آیا یہ کتابیں اور رسالے بڑوں کے لئے ہیں یا ان بچوں کے لئے جو اب بھی اردو پڑھنے میں دلچسپی رکھتے ہیں۔ ایک بات اور کہ مولانا اسماعیل میرٹھی سے لے کر شفیع الدین نیر یا سراج انور ہوں یا کوئی اور ہو یہ لوگ اس بات کو لازمی سمجھتے تھے کہ بچوں کے لئے ایسی چیزیں لکھی جائیں جن سے انہیں اخلاقی درس ملے۔ اردو میں لکھی گئی کسی بھی کتاب یا رسالے میں اس بات کی کوئی کوشش نہیں ملتی کہ کتاب اس طرح لکھی

جائے جس سے بچوں کے اندر ذوق تجسس، پڑھنے کا شوق، قوت تخیل کو مہمیز ملے۔ دوسرے کتابیں بھی اس طرح ایسی تحریر میں اور ایسے کاغذ پر باتصویر شائع کی جائیں جنہیں صرف دیکھنے کی غرض سے بچے پڑھنے کے لئے مجبور ہو جائیں۔ آج بھی ہندستان میں انگریزی میں بچوں کے لئے (Rhymes) کی جو کتابیں ملتی ہیں ان کے مدمقابل اردو کی ایک بھی کتاب نہیں رکھی جاسکتی۔ دوسرے کہانیاں اس طرح لکھی جائیں کہ بچوں کو براہ راست اخلاقی درس دینے کے بجائے ان کے اندر وہ شعور پیدا ہو جس سے وہ خود اچھے برے کی تمیز کر سکیں۔ یوں بھی آج کے بچے پچاس سال قبل کے مدرسوں کے بچے نہیں رہ گئے اور قصبوں اور دیہاتوں کے بچے ان کہانیوں کو نہیں پڑھتے صرف شہروں میں رہنے والے مڈل کلاس طبقے کے کچھ بچے ہی اس طرح کی کتابیں پڑھتے ہیں اور آج کسی گھر میں اخلاقیات کا کوئی عمل جاری وساری نہیں ہے۔ لہٰذا انہیں ایسی چیزوں کا درس دینے سے کوئی فائدہ نہیں جہاں لوگوں کا عمل اس کے برخلاف ہو۔ بچوں کی کتابوں کا ایک مقصد جہاں ان کے اندر شعور کی بیداری ہو وہیں وہ جرأت اور شجاعت کا جذبہ بھی ان کے اندر پیدا کرنے والی ہوں لیکن ایسی بھی شجاعت کس کام کی کہ ٹی وی پر سپر مین کے واقعات دیکھ کر بچے سپر مین بننے کے چکر میں کثیر منزلہ عمارت سے کود کر جان دے دیں۔

مجھے خوشی ہے کہ انور کمال حسینی صاحب اس پر آشوب اور اردو دشمن منافقانہ ماحول میں بچوں کے لئے کہانیاں لکھ رہے ہیں۔ ان کا زندگی بھر کا تعلق اور تجربہ نیشنل بک ٹرسٹ سے رہا ہے جو بچوں کی کتابوں کی اشاعت کے سلسلے میں اس وقت ہندوستان میں سب سے آگے ہے۔

میں نے مسودے کی زیادہ تر کہانیاں پڑھ لی ہیں اور میں بلا جھجک یہ کہہ سکتا ہوں کہ انور کمال حسینی نے ان کہانیوں میں اس بنیاد کو برقرار رکھا ہے جو بچوں کی

کتابوں کے لئے ضروری ہے چھوٹے' آسان جملے' ساتھ ہی جملے زبان کی شگفتگی کے ساتھ اس انداز میں لکھے گئے ہیں کہ ہر جملہ پڑھنے کے بعد پڑھنے والا یہ کہہ اٹھے اچھا آگے کیا ہوا، پھر کیا ہوا؟ یعنی اس کا ذوق تجسس بڑھتا جائے ،اس کے تخیل کو جلا ملے اور وہ کہانی میں موجود تھیم کو خود دریافت کر سکے۔

میں نے اس مضمون کی شروعات ہیری پاٹر سیریز سے کی تھی۔ایسا نہیں کہ اردو میں اس طرح کی کتابیں موجود نہیں ہیں۔داستانوں کو ہی لیجئے۔داستان امیر حمزہ یا طلسم ہوشربا اور الف لیلہ۔الف لیلہ کے بیان اور بعد میں تحریر کرنے کی وجہ بھی اس بادشاہ کا ذوق تجسس ہی تھا کہ کہانی ایسی سنی جائے جو کبھی ختم نہ ہو۔لیکن افسوس منشی نول کشور کے بعد سے آج تک ان داستانوں کی طباعت کہیں نہیں ہو سکی اور یہ جس زمانے میں جس زبان میں لکھی گئیں اور شائع کی گئیں اس زبان کو پڑھنے اور سمجھنے والے اب عنقا ہو گئے ہیں۔اب تو انہیں بڑے بڑے لوگ بھی نہیں پڑھ سکتے، بچے کیا پڑھیں گے۔الف لیلہ کا انگریزی میں چربہ کر کے جو خلاصہ پیش کیا گیا وہ خود اتنا دلچسپ ہے کہ اسے ایک تصنیف سمجھا جانے لگا۔ان کتابوں کے بعض قصے بچوں کے لئے کچھ لوگوں نے الگ الگ شائع کئے لیکن مجموعی طور پر پوری داستان آج تک بچوں کے لئے پیش نہیں کی جا سکی، میں حسینی صاحب سے یہ درخواست کروں گا کہ وہ اس طرف بھی توجہ کریں۔ایک گزارش اور اگر ممکن ہو تو اس مسودہ کو خوبصورت کاغذ پر شائع کریں تو بہتر ہوگا۔میں اس کاوش پر ان کو مبارکباد دیتا ہوں کہ اردو زبان کی محبت میں بغیر کسی غرض کے انہوں نے اس کارزیاں کو اٹھایا۔

محبوب الرحمٰن فاروقی

نئی دہلی (۱۷ر جون ۲۰۰۱)

پرچوں کی تلاش

"امان صاحب!"

کسی نے ہم کو آواز دی اور ہم نے مُڑ کے جو دیکھا تو کلاس فیلو افتخار نظر آیا۔ قریب آ کر اس نے ہمارے شانے پر ہاتھ رکھتے ہوئے کہا۔

"کہاں جا رہے ہو؟ دوست!"

میں نے اپنے شانے پر سے اس کا ہاتھ قریب قریب جھٹکتے ہوئے کہا۔

"پہلے کندھے پر سے ہاتھ ہٹاؤ کتنی بار کہا ہے کہ کندھے پر ہاتھ نہیں رکھتے، بری بات ہے۔"

"اچھا اچھا"۔ افتخار صاحب نے جھنجھلا کر کہا "میں جانتا ہوں کہ کیا اچھا ہے کیا برا ہے مگر ......"

"مگر وگر تو رہنے دو" ہم نے افتخار صاحب کی بات کاٹ کر کہا "ہمیں ذرا یہ بتاؤ کہ' کیا' اس وقت اچھا اور برا کیسے ہوتا ہے؟" افتخار صاحب بری طرح جھنجھلا گئے۔ "اچھا بھئی معاف کرو، اب یہ بتاؤ کہ تم جا کہاں رہے ہو؟" افتخار صاحب نے پوچھا۔ "سنیما" ہمارا جواب تھا۔

"ہیں!" افتخار صاحب نے حیرت سے کہا۔

****

"پرسوں سے امتحان ہے اور اب آپ جا رہے ہیں سنیما دیکھنے!"

"تو کیا ہوا؟......" ہم نے کہا "امتحان نے سنیما دیکھنے کو منع کر دیا ہے کیا؟"

"نہیں منع کرنے کا سوال نہیں ہے" افتخار صاحب نے جلدی سے کہا۔ "میرے کہنے کا مطلب تو یہ ہے کہ سارا سال تو ہم لوگوں نے ادھر اُدھر گھومنے پھرنے میں ضائع کیا اور جب امتحان میں صرف دو روز باقی ہیں تو بھی تم بجائے تیاری کرنے کے سنیما جا رہے ہو۔ کیا امتحان میں پاس نہیں ہونا ہے؟"

"ارے واہ!" ہم نے کہا۔ "پاس کیوں نہیں ہونا، تم ذرا دیکھنا کہ کتنے اچھے نمبر سے پاس ہوتا ہوں میں؟"

"کیسے؟" افتخار صاحب نے بھاڑ سا منہ کھول دیا۔

"کمال کو جانتے ہونا؟" ہم نے رازدانہ لہجہ میں کہا۔

"ہاں ہاں!" افتخار صاحب جلدی سے بولے۔

"اس نے پرچے آؤٹ کر لئے ہیں!" ہم نے بہت آہستہ سے کہا۔

"کیا؟" افتخار صاحب نے ایسے کہا کہ جیسے ان کی سمجھ میں کچھ بھی نہ آیا ہو کہ میں کیا کہہ رہا ہوں۔ ہم نے کہا: "کمال نے امتحان میں آنے والے پرچے آؤٹ کر لئے ہیں اور وہ مجھے بھی شام کو سب کچھ بتا دے گا۔"

"سچ!" افتخار صاحب نے پھر منہ بھاڑ سا کھول دیا۔

"ہاں ہاں بالکل سچ سو فی صدی سچ!" ہم نے انھیں یقین دلایا۔

****

"تو یار" افتخار نے پھر ہمارے شانے پر ہاتھ رکھا جسے میں نے بیدردی سے جھٹک دیا تھا۔ "یہ تو امید رکھوں کہ تم میرا خیال رکھو ہی گے۔"

"ضرور ضرور!" ہم نے کہا۔ "تمہارا خیال نہیں رکھوں گا تو پھر کس کا خیال رکھوں گا۔ مگر......"۔

"مگر کیا؟" افتخار صاحب نے جلدی سے پوچھا۔

"بات یہ ہے کہ......" ہم نے کہا 'کمال امتحان کا پرچہ آؤٹ کرنے کیلئے فی پرچہ پانچ روپیہ مانگ رہا ہے!"

"اچھا"۔ افتخار صاحب نے کہا۔ ان کے لئے بھی یہ بات سوچنے والی ہو گئی تھی۔ "کتنے روپئے کا انتظام کر سکتے ہو تم؟" ہم نے پھر پوچھا۔

"بھئی کیا بتاؤں" افتخار صاحب نے کہا۔ "اگر گھر سے مانگوں گا تو ضرور پوچھا جائے گا کہ کس لئے ضرورت ہے اور اگر سچ بتاؤں گا تو تم خود سمجھ لو کہ کیسی رہے گی۔ تین روز شاید ہلدی چونا لگانا پڑے گا!"

"بات تو ہمارے ساتھ بھی کچھ ایسی ہی ہے!" ہم نے کہا۔ افتخار اور ہم سوچ میں پڑ گئے کہ روپئے کس طرح حاصل کرنا چاہئیں۔

تھوڑی دیر بعد افتخار نے چٹکی بجا کر کہا۔ "امان بھئی ایک ترکیب سمجھ میں آتی ہے۔"

"کیا؟" ہم نے جلدی سے پوچھا۔

''کیوں نہ ہم جوتے خریدنے کے بہانے گھر سے پندرہ پندرہ روپے لے لیں۔ پھر کہہ دیں گے کھو گئے، اس طرح کام چل جائے گا'' افتخار صاحب نے ترکیب بتائی جسے سن کر ہم اُچھل پڑے۔ ''خوب!'' ہم نے اس کی پیٹھ ٹھونکی۔

ترکیب کامیاب ہوئی اور ہم دونوں کو گھر سے پندرہ پندرہ روپے مل گئے تھے۔ مگر صاحب کچھ نہ پوچھئے، کچھ نہ پوچھئے تو بہتر ہی ہے۔ تین روز تو نہیں، ہاں ایک روز ضرور ہلدی چونا لگانا پڑا تھا وہ اس لئے کہ ہمارا جھوٹ کھل گیا تھا۔ کسی نے آکر گھر والوں کو بتادیا تھا کہ ہم پرچے آؤٹ کرنے کے چکر میں پڑے ہوئے ہیں۔ غرضیکہ شامت ہماری بھی آئی اور افتخار کی بھی بہر حال پرچے تو ہم آؤٹ ہی کر چکے تھے۔ تیاری کر کرا کے بیٹھے امتحان میں۔ جلدی جلدی پرچے حل کئے۔ سب ہی کو حیرت ہوئی کہ مجھ جیسا کمزور اور لاپرواہ لڑکا پرچے تیزی سے کیسے حل کر رہا ہے، اُستادوں کو شک گذرا۔ معلومات کی گئی تو ان کے سامنے بھی ہماری پول کھُل گئی۔

بلائے گئے ہم اور افتخار پرنسپل کے کمرے میں اور پوچھ گچھ کی گئی۔ پہلے ہم نے انکار کیا، لاعلمی ظاہر کی، مگر جب پرنسپل نے رسٹیکیٹ کرنے کی دھمکی دی تو ہم ٹھہرے کچے چور، ڈر گئے اور سب کچھ اگل دیا۔ ہم نے فوراً کمال کا نام بتادیا۔ وہ بھی بلائے گئے، اس سے جب پوچھا گیا تو اس نے صاف انکار کر دیا اگر چہ ان سے یہ بتایا گیا کہ ان کے ساتھی سچ بات بتا چکے ہیں۔

مگر پھر بھی اس مرد باہمت نے ہمت نہیں ہاری۔ نہ وہ ڈرا، نہ جھجکا، نہ گھبرایا۔ وہ اپنی بات پر اڑا ہی رہا۔

"میں نے پرچہ آؤٹ نہیں کئے۔"

مگر خیر صاحب! ہم نے جو سچ بولا تو اس کا اتنا تو انعام ملا کہ ہمارا امتحان دوبارہ لیا گیا اور ہمیں پروموٹڈ یعنی رعایتی پاس کر دیا گیا، اور کمال صاحب کو روک لیا گیا۔

لیکن جناب پھر جو ہماری ہنسی اُڑی ہے تو ہاہا، واہ وا، کچھ کہہ نہیں سکتے، اس سال تو نکو بن گئے ہم اسکول میں۔ جب نئے سال کے امتحان شروع ہوئے تو لڑکوں نے فرداً فرداً ہم سے پوچھا۔

"کب جا رہے ہیں پرچوں کی تلاش میں!"

مگر انہیں یقین کون دلاتا کہ یہ ہماری غلطی نہیں بلکہ...... خیر جانے دیجئے۔

مگر آپ کبھی، اگر طالب علم ہیں تو پرچوں کی تلاش میں نہ رہیئے گا۔ شروع سال سے ہی ایمان داری سے محنت کیجئے گا ورنہ ہمارا جیسا حال ہوگا۔

جی ہاں!!!!

چوری پکڑی گئی

"اسٹینڈ اپ!" اکزامنر نے ہمارے قریب آ کر کہا اور ہم گھبرا کر اُٹھ کھڑے ہوئے جس کی وجہ سے دوات الٹ گئی اور تمام کپڑے خراب ہو گئے اور سیاہی کے چند چھینٹے اکزامنر پر بھی پڑ گئے جس کی وجہ سے اس کے ماتھے کی شکنوں میں اور بھی اضافہ ہو گیا۔

"کیا کر رہے ہو؟" انہوں نے پوچھا۔

"جی، جی! کچھ نہیں۔" میں نے گھبرا کر جواب دیا۔

"کیا مطلب؟" اکزامنر پوچھا۔

"جی میرا مطلب یہ ہے کہ میں پیپر حل کر رہا ہوں" میں نے پر سکون ہونے کی کوشش کرتے ہوئے جواب دیا۔

"لیکن نقل کے ساتھ!" اکزامنر نے طنزیہ لہجے میں کہا اور امتحان حال میں موجود سب لڑکوں کی نظریں ہماری طرف اٹھ گئیں اور ہم کو ایسا معلوم ہوا جیسے وہ نگاہیں کہہ رہی ہیں: کیوں جی نقل کر کے ہی سب سے زیادہ نمبر حاصل کرتے ہو؟

میں بری طرح گھبرا گیا اور میں بوکھلاتے ہوئے کہا "جی ...... آ ...... آپ کو

غلط فہمی ہو...... ہوئی ہے، میں نے آ...... آج تک نقل نہیں کی۔"

"ہوں!" اکزامنر نے زور سے ہنکاری بھری اور کہا۔ "تو آپ نے آج تک نقل نہیں کی تھی...... نہ کی ہو گی! لیکن اس وقت تو آپ یقیناً نقل کر رہے تھے۔"

میں نے سنبھلتے ہوئے کہا۔ "جنابعالی! آپ کا خیال غلط ہے۔ خاکسار نے نہ تو آج تک نقل کرنے کا نیک کام کیا ہے اور نہ ہی اس وقت کر رہا تھا۔"

"تو آپ چور نظروں سے اِدھر اُدھر دیکھ کر پرچے پر جلدی جلدی کیا لکھنے لگتے تھے۔" اکزامنر نے بات صاف کرنی چاہی۔

"اگر میں پیپر حل کرتے وقت اِدھر اُدھر دیکھ لیتا تھا تو اس کا مطلب ہے کہ میں نقلچی ہوا"۔ مجھے گویا بحث کے لئے ایک مضبوط پوائنٹ مل گیا تھا۔

"اچھا، اچھا! زیادہ زبان درازی کی ضرورت نہیں، خواہ مخواہ اپنا بھی وقت ضائع کر رہے ہو، اور دوسروں کا بھی، اپنی تلاشی دو۔"

"میں تلاشی دینے کیلئے تیار ہوں۔" میں نے ملائمت سے کہا۔

اگر میرے پاس سے کچھ نہ نکلا تو جتنا وقت میرا ضائع ہوا ہے، اتنا وقت آپ کو بعد میں دینا پڑے گا"۔

اکزامنر نے ایک منٹ سوچا اور پھر اثبات میں گردن ہلاتے ہوئے کہا۔ "اچھا منظور ہے۔ آپ تشریف لائیے، تلاشی دے دیجئے۔"

"لائیے تلاشی دیجیے!" میں نے حیرت سے جملہ کو دہرایا، اور پھر کہا جنابعالی آپ کم از کم پتہ تو بتائیں کہ یہ تلاشی کہاں ملتی ہے؟ جو میں آپ کو لا کر دوں۔"

اکزامنر نے کچھ دیر میری طرف غور سے دیکھا اور پھر جھنجھلا کر کہا۔

"بد تمیز! ایک تو امتحان میں نقل کرتے ہو اور اس پر مذاق بھی کرتے ہو۔ تین سال کا رسٹیکیشن کراؤں گا۔ سب مذاق بھول جاؤ گے"۔

"اگر کوئی غلطی ہو گئی ہو تو معاف کیجیے"۔ میں ہاتھ جوڑ کر معافی مانگتے ہوئے کہا اور ہال میں بیٹھے ہوئے لڑکے ہنس پڑے۔

اکزامنر صاحب اور جھنجھلا گئے۔

"میری سمجھ میں نہیں آتا کہ بکواس میں اتنا وقت تم ضائع کیوں کر رہے ہو؟" انھوں نے کہا۔ "میں نے خود دیکھا ہے کہ تم بار بار آنکھ بچا کر ہاتھ اپنی جیب میں ڈالتے ہو، جلدی بتاؤ کتنے پرچے ہیں تمہارے پاس؟" یہ کہہ کر انھوں نے ہماری جیب میں تلاشی لینے کی غرض سے اپنا ہاتھ ڈالا اور لڑکے اس کا انتظار کرنے لگے کہ دیکھیں میری جیب میں سے کتنے کتنے بڑے پرچے ہماری قابلیت کا مظاہرہ کرتے ہوئے باہر نکلتے ہیں۔

آخر اکزامنر صاحب نے ہماری چوری پکڑ لی اور بائیں جیب سے ایک تھیلی نکالی۔ لڑکوں کو امید تھی (اور ساتھ ہی اکزامنر صاحب کو بھی) کہ تھیلی میں

پرچے بھرے ہوں گے۔

لیکن کیا آپ یقین کریں گے کہ اس میں صرف مٹھائی تھی۔

جی ہاں، بمبئی کی مٹھائی! جو ہم شغل کے طور پر امتحان میں استعمال کرتے رہتے ہیں۔ دوستوں سے اس لئے چھپاتے ہیں کہ کوئی مانگ نہ بیٹھے۔ دوسرے کلاس میں کھانا منع ہے۔

مٹھائی کی تھیلی دیکھ کر لڑکے اور زور سے ہنس پڑے اور اکزامنر صاحب کے لبوں پر بھی ایک ہلکی سی مسکراہٹ آگئی لیکن اس کے بعد آگئی شامت ہماری مٹھائی کی یعنی ہوا یہ کے اب بجائے ہمارے، اکزامنر صاحب اس سے شغل فرمارہے تھے اور ان کا منھ چلتا ہو دیکھ کر ہمارے منھ میں کھجلی ہو رہی تھی۔ لیکن کر کیا سکتے تھے۔ زبردست کا ٹھینگا سر پر جو تھا۔ ہم نہایت خاموشی سے دیکھتے رہے اور پرچہ حل کرتے رہے۔

پہلے کیا؟

پچ کی آواز آئی اور ہماری پتلون گلنار ہو گئی، ہم نے جو مڑ کر دیکھا تو ایک صاحب نے مسکین صورت بنا کر کہا۔

"معاف کیجئے گا غلطی سے پڑ گئی۔"

اب ان سے پوچھا جائے کہ صاحب! آپ سے غلطی ہو گئی اور دوسرے کی کیا ہوئی؟ پھر ہم نے دل میں سوچا کہ غلطی ہو کیسے گئی؟ کیا ان کی آنکھیں نہیں تھیں؟ یا انہوں نے ہمیں اگالدان سمجھا تھا جو پیک تھوک دی۔ یہ سوچ کر ہم نے چاہا کہ اس پوچھیں کہ حضرت انسان کی دو آنکھیں ہوتی ہیں۔ اسلئے یہ بتایئے کہ آدمی پوری دو آنکھیں رکھتے ہوئے غلطی کیسے کر سکتا ہے؟

اب جو مڑ کر دیکھا تو وہ حضرت غائب ہو چکے تھے۔ سوال کریں تو کس سے؟ ناچار گھر واپس آئے۔ گھر کے بڑے بوڑھوں نے دیکھتے ہی کہا: "کیوں جناب، کہاں سے تشریف آ رہی ہے؟ پان کھانا نہیں آتا تو اس سے شوق ہی کیوں کیا جاتا ہے۔ ڈھونگ کے ڈھونگ ہو گئے مگر کپڑے پہننے کی تمیز نہ آئی۔ آج ہی بُراق سے کپڑے زیب تن فرما کر تشریف لے گئے تھے۔ کہئے اب کون سا جوڑا زیب تن فرمایئے گا۔" انہوں نے اتنی باتیں سنا ڈالیں۔

ہم چپ چاپ اس چور کی طرح جو رنگے ہاتھوں پکڑا گیا ہو، گردن جھکائے تمام لعنت ملامت سن کر برداشت کرتے رہے اور دل ہی دل میں ان صاحب کی تعریف بڑے زور دار الفاظ میں کرتے رہے جن کی وجہ سے ہماری شان میں اتنا قصیدہ کہا گیا۔

خیر صاحب کپڑے بدل کر پلنگ پر لیٹ گئے اور سوچنے لگے کہ بزرگوں نے یہ جو کہا تھا کہ "پہلے سوچو، پھر بولو" اس میں جہاں تک ہمارے تجربہ کا تعلق ہے یہ غلط ہے کیونکہ آج ہم نے پہلے سوچا، پھر بولنا چاہا تو وہی صاحب غائب ہو گئے جن سے بولنا چاہا تھا۔ اس بات کا تو ہمیں بھی یقن تھا کہ وہ صاحب ہمارے کہنے کے باوجود ہمیں کپڑے دھلوا کر نہ دیتے مگر کم از کم زبان درازی تو ہو جاتی۔ لہٰذا ہم نے ارادہ کر لیا کہ آئندہ سے پہلے بولیں گے اور سوچنے کا کام بعد کے لئے رہنے دیں گے۔

دوسرے دن صبح اٹھے۔ ناشتہ کیا سائیکل اٹھائی اور ایک ضروری کام کو چلے۔ تیزی سے چلے جا رہے تھے کہ ایک صاحب ہماری سائیکل سے ٹکرا گئے۔ ہم سمجھے کہ ہم ان کی سائیکل سے ٹکرائیں ہیں اس لئے ہم نے فوراً ان سے کہا۔ "اندھے ہو، دیکھ کر سائیکل نہیں چلاتے، چاہے کوئی ٹکرا کر مر جائے۔"

اس پر ان صاحب نے ہم کو کھا جانے والی نظروں سے گھورتے ہوئے کہا۔

****

"ایک تو چوری اور اس پر سینہ زوری"۔

ہم نے ڈپٹ کر جواب دیا۔ "چور ہوں گے آپ خود جناب ذرا چونچ سنبھال کر بات کیجئے۔"

"لیجئے صاحب"۔ ان صاحب نے جو ہماری سائیکل سے ٹکرا گئے تھے (جس کا ہمیں بعد میں پتہ چلا) مجمع کو مخاطب کرتے ہوئے کہا۔ "ایک آپ سائیکل دیکھ کر نہیں چلاتے، اوپر سے ہم پر نام دھرتے ہیں۔"

یہ کہہ کر ہم سے اجازت لئے بغیر انہوں نے ہم کو گریبان سے پکڑ لیا۔ ہماری لڑائی دیکھنے کے لئے کافی آدمی ہمارے ارد گرد اکھٹا ہو گئے تھے۔ ان میں سے ایک صاحب نے کہا۔ "جنابِ من! سائیکل آپ چلا رہے تھے یا کوئی دوسرا؟"

اب ہمیں یاد آیا کہ سائیکل ہم چلا رہے تھے۔ مگر اس ہوش سے پہلے ہمارے سر کی کافی خاطر مدارت ہو چکی تھی (مگر یہ ہم آپ کو نہیں بتائیں گے کہ کتنی)۔

ہم جان بچا کر سائیکل پر تیزی سے بھاگے، جس کام کو جا رہے تھے وہاں دیر ہو چکی تھی۔ ناچار شکست خوردہ حالت میں ہم کو واپس گھر آنا پڑا اور اس دن سے ہم بزرگوں کے اس مقولہ کے سختی سے قائل ہو گئے کہ "پہلے سوچو، پھر بولو۔"

کہئے! اب آپ کا کیا خیال ہے؟ آپ ہمارے تجربہ سے فائدہ اٹھائیں گے یا خود تجربہ کریں گے۔

****

شہزادی شیریں

ایک تھی شہزادی۔ شہزادی کو تو تم جانتے ہی ہو گے۔ بادشاہ کی بیٹی کو کہتے ہیں اور بادشاہ ملک کے حاکم کو۔ آج کل تو بادشاہت کا رواج آہستہ آہستہ کم ہوتا جارہا ہے جمہوریت ترقی کر رہی ہے۔ ہمارا ہندوستان بھی جمہوری ملک ہے! جمہوریت تو سمجھتے ہو نا؟ ارے بھئی عوام کی حکومت، عوام کے لئے عوام کے ذریعہ ہی چلائی جائے، بس یہی جمہوریت ہے۔ یعنی حکومت آپ ہی کے چنے ہوئے نمائندوں کے ذریعہ چلائی جائے۔ ہاں تو خیر یہ تو اب کی باتیں ہیں اور کہانی سنا رہا ہوں آپ کو پرانے زمانے کی۔

تو صاحب کہتے ہیں کہ ایک شہزادی تھی اور نام تھا اُس کا شیریں۔ خوبصورت اتنی کہ دیکھے سے چاند بھی شرما جائے۔ ہوئی عمر جب اس کی پندرہ سال کی تو بڑے بڑے شہزادوں کے پیغام آئے اس کی شادی کے لئے۔ بادشاہ نے جب یہ دیکھا کہ تو اس نے اعلان کیا۔ "میں اس شخص سے شیریں کی شادی کروں گا جو میرے دو سوال پورے کرے گا۔ اور ان سوالات کے پورا کرنے میں غریب امیر کی کوئی قید نہیں"

پوچھا گیا باشاہ سے کہ وہ سوال کیا ہیں۔

باشاہ نے بتایا۔ "پہلا سوال تو یہ ہے کہ مشرق میں ایک گھنا جنگل ہے۔ اس میں رات کو ٹھیک دو بجے ایک ہرنی چرتی ہوئی نظر آتی ہے۔ اسے دربار میں حاضر کرنا ہے۔ اور سوال دوسرا یہ کہ مغرب میں بھی ایک جنگل ہے، اس جنگل میں بھوتوں کا مسکن ہے اور وہاں بھوتوں کے سردار کے پاس ایک ہار ہے جسے وہ ہر وقت گلے میں پہنے رہتا ہے۔ اس ہار کو بھی دربار میں پیش کرنا ہے۔"

بہت سے شہزادے ان سوالات کو پورا کرنے کے لئے چل کھڑے ہوئے۔

اعلان چونکہ غریب امیر سب کے لئے تھا اس لئے ایک غریب کسان کے لڑکے نے بھی ہمت کی۔ عمر اس کی بیس سال اور نام اس کا انور تھا۔ باپ سے اپنے اجازت لے کر انور بھی ان سوالوں کو پورا کرنے لئے چل کھڑا ہوا۔

چلتے چلتے پہنچا ایک جنگل میں، دیکھا اس نے ایک کتا بھوکا پیاسا زمین پر تڑپ رہا ہے۔ انور کو کتے کی حالت پر بہت ترس آیا اس نے کتے کو روٹی کھلائی اور پانی پلایا۔ جب کتے کی حالت اچھی ہو گئی تو بڑھنا چاہا انور نے آگے، کتا بھی ساتھ ہو لیا۔ انور نے اسے دھتکارا نہیں بلکہ ساتھ لے کر آگے روانہ ہوا۔

رات آدھی گذرنے کے بعد پہنچے اس جنگل میں، ملنا تھا جہاں ہرنی کو۔ جا کر وہاں دونوں ایک درخت کے پیچھے چھپ گئے اور راہ ہرنی کی دیکھنے لگے۔ ٹھیک دو بجے ہرنی چرتی ہوئی نظر آئی، انور پکڑنے کیلئے اُسے آگے بڑھا۔ آہٹ پا کر ہرنی

بھاگنے کو تیار ہوئی مگر کتے نے لپک کر اس کی ٹانگ پکڑلی اور انور نے بڑھ کر آ گے اس کے گلے میں سونے کی زنجیر ڈال دی اور پھر لے جا کر پیش کیا بادشاہ کے سامنے اور پایا انعام خاطر خواہ اپنے بہادری کا۔

بعد اس کے آرام کرنے کے بعد انور اپنی دوسری مہم پر روانہ ہوا۔ یہ مہم پہلے سے زیادہ خطرناک تھی۔ راستہ میں جگہ جگہ جنگلی جانور ملے مگر یہ دونوں (انور اور کتا) بچتے بچاتے آگے بڑھتے ہی رہے۔

جب یہ دونوں جنگل میں بھوتوں کے داخل ہوئے تو ایک شیر حملہ آور ہوا انور پر، جی جان سے کیا اس نے مقابلہ شیر کا اور اپنے خنجر کی مدد سے آخر اسے مار ہی ڈالا۔ انور اب تھک کر چور ہو چکا تھا۔ راستہ میں ایک جھیل پڑی۔ نہانے کے ارادے سے اس کے پانی میں غوطہ مارا۔ لیکن یہ کیا؟ اس نے چاروں طرف اپنے حیرت سے دیکھا۔ وہ ایک عالیشان محل میں کھڑا تھا۔ اور سامنے ایک بہت خوبصورت عورت ایک سونے کے تخت پر بیٹھی تھی۔ یہ پریوں کی ملکہ تھی، پوچھنے پر ملکہ کے انور نے کہانی اسے ساری سنائی اور ملکہ نے انور کی ہمت بڑھائی، اور دی ایک انگوٹھی جادوئی۔ اس نے انور کو بتایا کہ اسے انگلی پہننے والا نظروں سے غائب ہو جاتا ہے اور جہاں چاہے ایک لمحہ میں پہنچ سکتا ہے۔ انور نے لے کر ملکہ سے انگوٹھی پہن لی اور اپنے کتے کے پاس پہنچنے کا ارادہ کیا۔ آنکھیں کھول کر دیکھا

تو خود کو کتے کے پاس کھڑا پایا۔ اب رکھ کر سر پر کتے کے ہاتھ اور خیال کیا بھوتوں کے مسکن میں پہنچنے کا، اور دوسرے ہی لمحہ وہ بھوتوں کے اڈے میں تھا۔ سارے بھوت غل غپاڑے میں مشغول تھے اور انور نے پہن رکھی تھی چونکہ جادوئی انگوٹھی اسلئے اسے کوئی نہ دیکھ پایا۔ اس نے بڑھ کر آگے سردار کے گلے کا اتار اہار اور لے کر اسے انگوٹھی کی مدد سے پہنچ گیا باشاہ کے دربار میں۔ باشادہ بہادری سے انور کی بہت خوش ہوا اور حسب وعدہ شادی شیریں کی انور سے کر دی۔ شیریں چونکہ لڑکی اس کی اکلوتی تھی اس لئے اس نے انور کو اپنا ولیعہد بھی بنا لیا۔

اور لایا ہوا انور کا ہار جب ڈالا گیا ہرنی کے گلے میں تو وہ ایک خوبصورت عورت بن گئی اور دیکھا لوگوں نے کہ وہ ان کی گمشدہ ملکہ ہے جسے ایک دیو چرا کر لے گیا تھا۔ ملکہ نے بھی انور کا شکریہ ادا کیا اور اسے اپنا بیٹا بنا لیا...... اور اس طرح ایک غریب کسان کے محنت و بہادری کی بدولت دن پھر گئے۔ اور جس طرح انکے دن پھرے ہیں اسی طرح تمہارے بھی پھر سکتے ہیں مگر اس کے لئے تمہیں محنت و بہادری سے کام لینا پڑے گا۔

تو پھر کیا خیال ہے تمہارا؟ محنت کرو گے نا بھئی، محنت ہی میں راحت ہے۔

نمک کا تھیلا

ایک مرتبہ شیر، چیتا، زیبرا، سانپ، سارس اور ریچھ نے ایک جگہ اکٹھا ہو کر ادھر ادھر کی باتیں کیں، باتیں کرنے کے بعد وہ پانی پینے کے لئے ندی کے طرف روانہ ہوئے۔ راستے میں شیر کی نگاہ کسی چیز پر پڑی، وہ ایک چھوٹا سا تھیلا تھا جو زمین پر پڑا تھا۔

"وہ دیکھو ایک تھیلا"...... شیر نے کہا۔

چیتے نے اس تھیلے کو دیکھ کر کہا...... "نمک کی خوشبو معلوم ہوتی ہے"۔ ریچھ نے تھیلے کو کھولنے کی کوشش کی مگر وہ کامیاب نہ ہو سکا۔ زیبرا نے کہا "سارس کو اپنی لمبی چونچ سے تھیلے میں ایک سوراخ کرینا چاہیئے"۔ سارس نے تھیلے میں سوراخ کر دیا، سانپ نے آگے بڑھ کر نمک کا مزا چکھا اور کہا...... "بے شک یہ نمک ہے۔"

اس کے بعد چھیوں جانوروں نے نمک چکھا، کیونکہ وہ ان لوگوں کو کہیں نہیں ملتا تھا اسلیئے اس کو پا کر وہ بہت خوش ہوئے اور انہوں نے سوچا کہ روز وہ نمک کا مزہ لیا کریں گے۔

"یہ میرا ہے"...... شیر نے کہا۔ "کیونکہ میں نے اس کو سب سے پہلے دیکھا

تھا" چیتے نے شیر کو غصہ سے گھورتے ہوئے کہا۔ "نہیں یہ، یہ میرا ہے کیونکہ میں نے سونگھ کر بتایا تھا کہ اس میں نمک ہے۔"

"لیکن میرا کیوں نہیں؟" ریچھ نے ہنستے ہوئے پوچھا۔

"کیا میں نے تھیلہ کھولنے کی کوشش نہیں تھی؟"

"مگر تم ناکام ہوئے تھے۔" زیبرا نے کہا...... "یہ میں تھا جس نے سارس سے تھیلے میں سوراخ کرنے کو کہا تھا، اس لئے یہ میرا ہونا چاہیئے۔"

"اوہو! سوراخ میں نے کیا تھا اور مالک آپ ہیں۔" سارس نے کہا "نمک میرا ہے۔"

"نہیں! نہیں" سانپ نے پھنکار مارتے ہوئے کہا"۔ میں نے نمک کا ذائقہ چکھ کر تم کو یہ یقین دلایا تھا کہ یہ نمک ہی ہے۔ اسلئے یہ تھیلا میرا ہے۔ اور اگر کسی نے تم میں سے گڑبڑ کی تو میں اس کو کاٹ کر ختم کر دوں گا!"

اور تب ان جانوروں میں آپس میں لڑائی ہونے لگی۔ اتفاق سے ادھر ایک گیدڑ آنکلا۔ اس نے ان سے واقعہ پوچھا۔ شیر نے پورا قصہ سنایا۔

گیدڑ نے خاموشی سے قصہ سنا اور پھر کہا۔ "میں ایک ترکیب بتاتا ہوں، وہ یہ ہے کہ تم سب آنکھیں بند کر کے کھڑے ہو جاؤ اور سو تک گنتی گنو۔ اتنے عرصے میں، میں تھیلہ کو کہیں چھپا دوں گا پھر جو سب سے پہلے اُسے تلاش کر لے گا وہ ہی

اس کا مالک ہو گا"۔

سب راضی ہو گئے اور آنکھیں بند کر لیں۔ سو تک گنتی گننے کے بعد انہوں نے اپنی آنکھیں کھولیں اور تھیلہ تلاش کرنا شروع کیا۔ مگر وہ ان کو کہیں نہ مل سکا۔ آخر وہ تھک گئے اور انہوں نے گیدڑ کو آواز دی تاکہ اس سے تھیلہ کا پتہ معلوم کر کے نکال لیں اور پھر اُس کا نمک چھ برابر حصّوں میں تقسیم کر لیں۔ مگر اب گیدڑ وہاں کہاں رکھا تھا۔ وہ تو اپنی کھوہ میں بیٹھا نمک کا چٹخارہ لے رہا تھا اور چھ بڑے بے وقوفوں کا مذاق اُڑا رہا تھا اور کہہ رہا تھا "اگر وہ اتفاق سے رہتے اور نمک کے چھ برابر حصے کر لیتے تو نمک سے ہاتھ نہ دھوتے اور مجھ کو جج نہ بناتے تو میں ان کی پوری ملکیت پر قبضہ کیسے کرتا۔"

ان چھ بڑوں نے ارادہ کر لیا کہ اگر گیدڑ کبھی ان کے سامنے پڑ گیا تو وہ اس کو زندہ نہیں چھوڑیں گے۔ مگر بعد میں وہ اُن کے سامنے کبھی آیا ہی نہیں اور وہ نمک کی خواہش کرتے کرتے مر گئے۔

بچو! اگر وہ اتفاق سے رہتے اور میل محبت سے نمک کے چھ حصّے کر لیتے تو کیسے فائدے میں رہتے اور ایک غیر ان کو بے وقوف نہ بنا پاتا۔ اس لئے بچو! تم بھی میل محبت سے رہنا چونکہ اتفاق میں بڑی طاقت ہے۔

بہادر جاوید

مشہور جاسوس جاوید اپنے کمرے میں بیٹھا چائے پی رہا تھا کہ نوکر نے ایک ملاقاتی کارڈ لا کر سامنے رکھا۔ جاوید نے کارڈ دیکھا اور کہا "اندر بلالو۔"

دو منٹ بعد ایک جوان لڑکی سردی سے کانپتی ہوئی کمرے میں داخل ہوئی۔

"تشریف رکھئے۔" جاوید نے کہا۔

اور لڑکی شکریہ ادا کر کے ایک کرسی پر بیٹھ گئی۔ جاوید نے اسے چائے دی اور اس نے شکریہ ادا کر کے پی لی۔

اتنی بات تو جاوید نے سمجھ ہی لی تھی کہ اس وقت ایک لڑکی کا آنا یقیناً کوئی معنی رکھتا ہے۔ چائے کے بعد جاوید نے لڑکی سے اس کڑاکے کی سردی میں آنے کی وجہ پوچھی۔

"میں یہاں آپ کو ایک پراسرار کہانی سنانے آئی ہوں۔" لڑکی نے کہا۔

پراسرار کہانی کا نام سنتے ہی جاوید سنبھل کر بیٹھ گیا اور کہا۔ "اگر واقعی یہ کوئی پراسرار کہانی ہے تو میں ضرور سنوں گا۔"

لڑکی نے اطمینان کا سانس لے کر کہنا شروع کیا۔ "میں یہاں سے قریب دس میل کے فاصلے پر اپنے چچا کے ساتھ رہتی ہوں۔ ابھی پندرہ روز ہوئے کہ

میری بڑی بہن کی موت بڑے عجیب طریقے پر واقع ہوئی۔"

"عجیب طریقے پر! کیا مطلب؟" جاوید نے ٹوکا۔

"اس روز رات کو ۱۲ بجے تک ہم تاش کھیلتی رہیں اور پھر اپنے اپنے کمرے میں سونے کے لئے چلی گئیں۔ ہم دونوں بہنوں کے کمرے پاس ہی پاس ہیں اور......۔"

"اور تمہارا چچا کہاں سوتے ہیں؟" جاوید نے پوچھا۔

"ان کا کمرہ ہمارے کمرے سے چند گز کے فاصلہ فاصلہ پر ہے۔ ہاں! تو میں کہہ رہی تھی" لڑکی نے کہنا شروع کیا "ہم اپنے اپنے کمرے میں جاکر سو گئیں۔ رات کو دو بجے اچانک میری آنکھ کھلی تو مجھے بہن کے کمرے سے ایک درد بھری چیخ کی آواز آئی۔

"میں فوراً اس کمرے میں پہنچ گئی تو اس کی حالت دیکھ کر مجھے بیحد حیرت ہوئی۔ وہ مچھلی کی طرح اپنے بستر پر تڑپ رہی تھی۔ میں فوراً چچا کے کمرے میں گئی۔ وہ اس وقت بیٹھے ہوئے کتاب پڑھ رہے تھے، میرے ساتھ فوراً آئے۔ آکر دیکھا تو میری بہن کی حالت بہت خراب ہو چکی تھی۔ بدقت تمام اس کے منہ سے نکلا داغ دار رسی، اور اس کی روح پرواز کر گئی۔"

"داغ دار رسی؟" جاوید نے حیرت سے پوچھا۔

"جی ہاں! مرتے وقت اس کے آخری الفاظ یہی تھے، اور ہاں! دو تین روز سے

میں خود بھی پریشان ہوں۔ آدھی رات کو مجھے اپنے کمرے میں سیٹیوں کی آواز سنائی دیتی ہے۔ خوف کی وجہ سے مجھے نیند نہیں آتی اور میں گھبرا کر اپنی بہن کے کمرے میں چلی جاتی ہوں مگر وہاں بھی یہی آواز گونجتی ہے۔ اب میں آپ کے پاس آئی ہوں خدا کے لئے مجھے ان پریشانیوں سے نجات دلایئے اور میری بہن کی موت کا راز معلوم کیجئے۔"

"خاتون!" جاوید نے کہا "جہاں تک میرا خیال ہے آپ بڑی جائیداد کی مالک ہیں۔"

"جی ہاں! صحیح ہے۔"

تو پہلے یہ بتایئے کہ آپ کے چچا آپ کے پاس کب سے رہتے ہیں؟ پہلے کہاں رہتے تھے؟ اور ان کا برتاؤ کیسا ہے؟" جاوید نے پوچھا۔

پہلے وہ فوج میں ملازم تھے، لیکن کچھ عرصہ ہوا کہ وہ وہاں سے بھاگ آئے ہیں۔ جب تک میری بڑی بہن زندہ رہیں، ان کا برتاؤ ہمارے ساتھ بہت اچھا رہا، لیکن اب ان کے کچھ تیور بگڑ چکے ہیں۔ ہر وقت مجھے ڈانٹے ڈپٹتے رہتے ہیں۔ گھر کے باہر قدم رکھنے نہیں دیتے۔ آج بھی بڑی مشکل سے بہانہ کر کے آپ کے پاس آئی ہوں۔"

جاوید چند منٹ تک خاموش بیٹھا رہا پھر اس نے لڑکی سے کہا "میں آپ کے

کمروں کا جائزہ لینا چاہتا ہوں۔"

لڑکی اس بات پر راضی ہو گئی اور کہا کہ جس وقت اس کا چچا گھر پر نہ ہو گا، وہ اسے فون کر دے گی۔ اس گفتگو کے بعد لڑکی چلی گئی اور جاوید واقعات پر غور کرنے لگا مگر معاملہ داغ دار رسّی پر آ کر الجھ جاتا۔

دوسرے ہی روز لڑکی نے فون پر کہا "مسٹر جاوید! دیکھئے میرے چچا آج صبح ہی ایک ضروری کام سے چلے گئے۔ اور وہ شام تک واپس آئیں گے، اسلئے آپ فوراً آ جائیں۔"

جاوید تو منتظر ہی تھا۔ ریوالور ایک جیب میں ڈالا اور ٹارچ دوسری جیب میں اور اس کے گھر جا پہنچا۔ لڑکی دروازے پر کھڑی راہ دیکھ رہی تھی۔ جاوید کو سب سے پہلے وہ اسے اپنی بہن کے کمرے میں لے گئی۔ وہاں جاوید نے ہر چیز کو غور سے دیکھا لیکن کوئی خاص بات نظر نہ آئی۔ اس کی نگاہ ایک رسّی پر پڑی، جاوید نے دیکھا کہ چھت میں ایک بڑا سوراخ تھا اور اس میں سے ایک رسّی کمرے میں آئی ہوئی تھی اور بستر پر لٹک رہی تھی، یہ دیکھ کر جاوید نے لڑکی سے سوال کیا۔ "یہ رسّی اس طرح پلنگ پر کیوں لٹک رہی ہے؟"

لڑکی نے کہا "یہ رسّی یہاں اس لئے لٹکتی رہتی ہے کہ اگر صبح بستر سے اٹھتے ہی اسے کھینچا جائے تو باورچی خانہ میں گھنٹی بجتی ہے جسے سن کر خان ساماں چائے

لے آتا ہے۔"

"تو کیا تمہارے کمرے میں بھی یہی سسٹم ہے؟"

"جی ہاں!"

"اچھا تو اسے بھی دیکھیں۔"

لڑکی اسے اپنے کمرے میں لائی۔ یہاں بھی ویسی ہی رسی لٹک رہی تھی۔

جاوید کچھ دیر تک سوچتا رہا، پھر اس نے کہا" میں آپ کے چچا کا کمرہ بھی دیکھنا چاہتا ہوں۔"

"لیکن اس میں تالا لگا ہوا ہے۔" لڑکی نے کہا۔

"کچھ پرانی چابیاں تو آپ کے پاس ہوں گی؟"لڑکی کے ہاں کہنے پر جاوید نے کہا۔"بس انھیں لے آؤ۔ شاید ان میں کوئی لگ جائے۔"

چابیاں لے کر وہ دونوں چچا کے کمرے کی طرف گئے۔ اتفاق سے ایک چابی لگ گئی اور تالا کھل گیا دونوں کمرے میں داخل ہوئے۔ دیکھا بہت سے کاغذ اِدھر اُدھر بکھرے پڑے ہیں۔

جاوید کمرے میں میز کے پاس پہنچا، میز پر ایک صندوقچی رکھی ہوئی تھی جس میں تالا لگا ہوا، اٹھا کر دیکھا تو صندوقچی وزنی معلوم ہوئی۔

جاوید نے لڑکی سے پوچھا، اس میں کیا ہے؟ مگر لڑکی نے اپنی لاعلمی ظاہر کی۔

جاوید نے اس کا تالا کھولنے کی ہر ممکن کوشش کی مگر کامیاب نہ ہو سکا۔ مجبوراً صندوقچی وہیں رکھ دی، میز کے نیچے ایک چھوٹی سی خالی شیشی پڑی تھی۔ شیشی کو سونگھتے ہی جاوید کے لبوں پر ہلکی سی مسکراہٹ آگئی۔ محدب شیشے سے اس کے آس پاس کی زمین دیکھی اور پھر اچانک اس کے منھ سے نکلا؛ ''تو یہ بات ہے!''

''کیا بات!'' لڑکی نے جلدی سے پوچھا۔

''ابھی تمہیں نہیں بتا سکتا، چلو باہر چلیں۔'' جاوید نے کہا۔

کمرے میں سے دونوں باہر آئے اور دروازے میں تالا لگا کر باہر چلے۔ راستہ میں ایک مضبوط لکڑی پڑی ہوئی ملی جاوید نے اسے اٹھالیا اور پھر لڑکی کے کمرے میں جا کر بولا۔

''دیکھو! آج رات کو تم اپنے ہی بستر پر لیٹنا۔ آدھی رات کے وقت جب سب سو جائیں تو ٹارچ سے اس کھڑکی کے باہر روشنی ڈالنا، کھڑکی کے سامنے جو ہوٹل ہے میں وہیں ٹھہروں گا، اور بیٹری کی روشنی دیکھتے ہی یہاں آجاؤں گا۔ اس کے بعد جو ہوگا وہ میں دیکھ لوں گا'' وہ رکا اور کہنے لگا ''جہاں تک میرا خیال ہے، آج اس داغ دار رسّی کا کرشمہ پھر سامنے آئے گا۔'' یہ کہہ کر جاوید چلا گیا۔ شام کو لڑکی کا چچا بھی باہر سے آگیا۔

سورج ڈوب چکا تھا، تاریکی چھا گئی تھی، وقت آہستہ آہستہ گذرنے لگا اور آخر

رات کے بارہ بج ہی گئے۔ لڑکی کا دل خوف کے مارے زور زور سے دھڑک رہا تھا۔ اس نے ٹارچ سے کھڑکی میں سے اشارہ کیا۔ جاوید تو دیر سے منتظر تھا ہی روشنی دیکھتے ہی وہ لڑکی کے کمرے میں آگیا۔ ریوالور کے علاوہ اس کے پاس وہ لکڑی بھی تھی جو اُسے اسی گھر میں ملی تھی۔ کمرے میں داخل ہو کر جاوید پلنگ کے پاس آیا اور کمرے کا اچھی طرح جائزہ لینے کے بعد اس نے لڑکی کو ایک کرسی پر بیٹھا دیا اور خود اس کے پلنگ کے ایک سرے پر بیٹھ گیا۔ دو گھنٹے تک دونوں خاموشی سے بے حس و حرکت بیٹھے رہے۔ کوئی خاص واقعہ ظہور پذیر نہ ہوا۔ دو بجے اچانک سیٹیوں کی مدھم سی آواز آئی جو ہر لمحہ بڑھتی گئی۔

اور پھر جاوید کو محسوس ہوا کہ کوئی شئے اس لٹکتی ہوئی رسّی کے سہارے چھت پر سے نیچے آئی۔ جاوید نے ہاتھ کی لکڑی سے بھرپور وار کیا اور وہ شئے زور زور سے سیٹیاں بجاتی ہوئی واپس چلی گئی۔ اب جاوید نے لڑکی کو ساتھ لیا اور تیزی سے اس کے چچا کے کمرے میں گیا۔ لڑکی بہت گھبرائی ہوئی تھی خوف کی وجہ سے اسکے منھ سے آواز تک نہ نکل رہی تھی۔ چچا کے کمرے کا دروازہ کھلا ہوا تھا۔

دونوں اندر داخل ہوئے، کمرے میں داخل ہوتے ہیں لڑکی نے ایک چیخ ماری۔ اس نے دیکھا کہ چچا کا بھاری جسم زمین پر ایک طرف لڑھکا ہوا ہے اور تمام جسم سیاہی مائل ہو گیا ہے اور پاس ہی میز پر رکھی صندقچی پر قریب پانچ چھ فٹ لمبا

دھاری والا سانپ کنڈل مارے بیٹھا ہے جاوید نے فوراً سانپ کو گولی مار دی۔ لڑکی کو اپنے چچا کی یہ حالت دیکھ کر رونا آگیا اور وہ چچا کی لاش سے لپٹ کر رونے لگی۔

جاوید نے لڑکی کو لاش سے الگ کیا اور مردہ جسم کو چادر سے ڈھک دیا۔

کچھ دیر بعد لڑکی نے آنسوں پونچھ کر جاوید سے پوچھا۔ "یہ سب کیا ہے؟"

جاوید نے بتایا: "دراصل اس واقعہ کی جڑ تمہاری چچا کا لالچ تھا۔ چونکہ تمہاری جائیداد بہت زیادہ ہے، اسے حاصل کرنے کے لئے تمہارے چچا نے پہلے تو تمہاری بہن کو راستے سے ہٹایا اور اس کی جان اسی سانپ کے ذریعہ لی۔ جب اس نے نیم بیہوشی میں اس دھاری والے سانپ کو دیکھا ہوگا، تبھی تو اس نے داغ دار رسی کہا، خیر تمہاری بہن مر گئی۔

"اب جائیداد کی مالک تم تنہا تھیں، اسلئے وہ تمہیں بھی راستے ہٹانا چاہتا تھا اور آج تمہیں ڈسنے کے لئے اس سانپ کو رسی پر اُتارا لیکن جب یہ سانپ سیٹیاں بجاتا ہوا مار کھا کر تمہارے چچا کے پاس واپس پہنچا تو اس نے یہ سمجھ کر کہ وہ تمہیں ڈس کر آیا ہوگا، اسے پکڑنے کے لئے ہاتھ بڑھایا ہوگا تو سانپ نے اسے ہی ڈس لیا اور اس کا خواب بے تعبیر ہو کر رہ گیا۔

"اس سانپ کی خاصیت یہ ہے کہ ایک مرتبہ کسی کو کاٹ لیتا ہے تو دوبارہ زہر تقریباً پندرہ روز میں پیدا ہوتا ہے، اس زمانے میں وہ ایک کیچوے سے زیادہ اہمیت

نہیں رکھتا۔"

"لیکن آپ یہ کس طرح کہہ رہے ہیں؟" لڑکی نے بڑی حیرت سے کہا کہ "یہ سب میرا چچا ہی نے کیا ہے؟"

"تم نے جو مجھے واقعات سنائے تھے" جاوید نے کہا۔ "ان واقعات کے پیش نظر۔ تمہارے چچا کے کمرے میں جو ایک چھوٹی شیشی میز کے نیچے ملی تھی، جانتی ہو اس شیشی میں کیا تھا؟ اس میں ایک ایسی دوا تھی جسے پی کر زہریلے جانور اور زیادہ خونخوار ہو جاتے ہیں اور وہ کاٹنے کے لئے بے چین ہو جاتے ہیں۔ یہی دوا پلا کر تمہارے چچا نے بہت احتیاط سے سانپ کو رسّی پر چھوڑ ہو گا ورنہ ممکن تھا کہ وہ فوراً انہیں کو ڈس لیتا، خیر خس کم جہاں پاک۔ اب تمہارے لئے ڈرنے اور گھبرانے کی کوئی بات نہیں جو خطرہ تھا، ٹل گیا۔"

رات کی سیاہی اب اجالے کا روپ اختیار کرنے لگی تھی اور تھوڑی دیر کے بعد سورج مسکراتا ہوا مشرق سے جھانکنے لگا، لڑکی نے جاوید کی مدد سے اپنے چچا کی لاش مکان کے احاطے میں دفن کر دی اور جاوید کی خدمت میں دس ہزار کا چیک پیش کیا جسے جاوید نے شکریہ ادا کر کے قبول کر لیا اور اپنے گھر واپس آکر کسی نئے کیس کا انتظار کرنے لگا۔

سونے کا محل

ملک ایران میں ایک بہت مشہور بادشاہ گذرا ہے۔ اس بادشاہ کو عمارتیں بنوانے کا بہت شوق تھا۔ اس نے طرح طرح کی عمارتیں بنوائیں جن کو دیکھنے سے آدمی دنگ رہ جائے۔ طرح طرح کے محلات دیکھنے سے ایسا معلوم ہوتا ہے کہ ان کے بنانے والے نے اپنی مہارت اور فن کا دل کھول کر مظاہرہ کیا ہے۔ سب سے خوبصور ت عمارت جو اس نے بنوائی تھی اس نام تھا "سونے کا محل"۔ اس محل میں سات بڑے در تھے۔ اتنے بڑے بڑے کہ ہر در میں ایک ایک کمرہ بنا ہوا تھا۔ وہ در اپنی خوبصورتی میں نظیر نہیں رکھتے تھے۔ کہنے کو وہ در تھے مگر ان کے آگے بڑے بڑے محلوں کی خوبصورتی مات تھی۔ باشاہ کو اپنی اس عمارت پر بڑا ناز تھا۔

بادشاہ کا ایک لڑکا تھا جس کی عمر سولہ سترہ برس کی تھی جسے وہ بہت چاہتا تھا۔

بادشاہ اب کافی ضعیف ہو گیا تھا اور کئی دنوں سے بستر علالت پر پڑا ہوا تھا۔ شاہی حکیموں نے کافی کوشش کی لیکن وہ صحت یاب نہ ہو سکا۔ بادشاہ بھی جانتا تھا کہ اس کے مرنے کے دن قریب آچکے ہیں۔ ایک دن بادشاہ نے اپنے ضعیف اور ایماندار وزیر کو بلایا۔ وزیر کی عمر تقریباً اسّی نوے برس کی تھی اس کے سارے بال سفید ہو چکے تھے وزیر بہت عقلمند اور ایماندار تھا اور بادشاہ بھی اس کی بہت عزت

کرتا تھا۔

وزیر نے ادب سے ہاتھ باندھ کر کہا۔ "حضور نے مجھے یاد فرمایا ہے۔ کہئے کیا حکم ہے۔"

بادشاہ کی اس وقت حالت بہت خراب تھی۔ اس کے چہرہ پر مردنی چھائی ہوئی تھی اور وہ چند گھنٹے کا مہمان معلوم ہوتا تھا۔ بادشاہ نے آہستہ سے آنکھیں کھول کر وزیر کی طرف دیکھا اور بیٹھنے کا اشارہ کیا۔ تھوڑی دیر کمرے میں خاموشی چھائی رہی۔ پھر بادشاہ کے لب آہستہ سے ہلے اور اس نے کہنا شروع کیا۔

"اکرم خاں (وزیر کا نام) مجھکو معلوم ہے کہ میری زندگی کے دن پورے ہو چکے ہیں۔ تم میرے والد کے وقت سے وزارت کا عہد سنبھالے ہوئے ہو۔ میرے والد تمہاری بہت عزت کرتے تھے کیونکہ تم ہمیشہ وفادار رہے۔ یہی وجہ ہے کہ مجھکو دوسرے وزیروں سے زیادہ تم پر اعتبار ہے۔ آج میں تم کو بہت بڑی ذمہ داری کا کام سونپ رہا ہوں۔ مجھے دنیا میں اپنے ابراہیم (شہزادے کا نام) سے زیادہ اور کوئی پیارا نہیں۔ مجھے اس سے بے پناہ محبت ہے اور میرے مرنے کے بعد تم کو اس کی پرورش کرنا پڑے گی۔ میری یہ وصیت ہے کہ جب وہ حکومت کرنے قابل ہو جائے تو اسے حکومت کے سارے نشیب و فراز سے سے آگاہ کر دینا اور وہ تمام محلات اور دوسری عمارتیں جو میں نے بڑے شوق سے بنوائی تھیں، ایک

ایک کر کے گھما دی جائیں۔ لیکن ایک بات ذہن نشین کر لو کہ جب شہزادہ سونے کا محل گھومنے جائے تو اسے چھ "در" ہی گھمانا لیکن خبردار ساتویں "در" کو ہرگز نہ دکھانا"۔

اتنی دیر لگاتار بات کرنے سے بادشاہ کے چہرہ کی مردنی میں اور اضافہ ہو گیا۔ اس کے ماتھے پر پسینہ کی ننھی ننھی بوندیں ابھر آئیں اور سانس تیز تیز چلنے لگی اور تھوڑی بعد بادشاہ کی روح قفس عنصری سے پرواز کر چکی تھی۔

دن گذرتے گئے اور خدا خدا کر کے شہزادے کا تاجپوشی کا دن بھی آ گیا۔ محلوں کو دلہن کی طرح سجایا گیا۔ جگہ جگہ شادیانے بجنے لگے اور جشن تاجپوشی بڑے دھوم دھام سے منایا گیا لیکن بوڑھا وزیر نہ جانے کیوں غمگین نظر آ رہا تھا۔ شاید اسے اپنا پرانا آقا یاد آ رہا تھا۔ بادشاہ کی وصیّت کے مطابق وزیر شہزادے کو ایک ایک کر کے سب محلات گھما چکا تھا اور آج کا دن سات "در" محل دکھانے کا تھا۔ وزیر شہزادے کو لے کر محل کی طرف روانہ ہوا۔ وزیر محل کی ایک ایک چیزیں دکھا رہا تھا جن کو شہزادہ دیکھ دیکھ کر خوش ہو رہا تھا۔ محل کی دوسری چیزیں گھما چکنے کے بعد وزیر نے "در" دکھانا شروع کئے۔ یہاں تک کہ چھ "در" دکھا دیے۔ شہزادے نے ساتواں "در" دیکھنے کو کہا لیکن وزیر نے بڑی خوبصورتی سے ٹال دیا۔

شہزادہ بڈھے وزیر کی بہت عزت کرتا تھااور جو وہ مشورہ دیتااس پر عمل کرتا۔ اس وجہ سے اور دوسرے بوڑھے وزیر سے بہت جلتے تھے اور اس کے خلاف شہزادے کے کان بھرا کرتے تھے۔ لیکن شہزادہ ان باتوں پر توجہ نہیں دیتا تھا۔ جب دوسرے وزیروں نے یہ سنا کہ بڈھے وزیر نے شہزادے کو "ساتواں در" نہیں دکھایا تو بڈھے وزیر کے خلاف شہزادے کے کان بھرنے کا ایک سنہری موقع ان کے ہاتھ آیا۔ وہ سب اکٹھا ہو کر شہزادے کے پاس گئے اور ادب سے ہاتھ باندھ کر کہنے لگے۔

"حضور اکرم خاں حکومت کا بہت بڑا غدار ہے۔ وہ حضور کی جان کے پیچھے پڑا ہے۔ وہ حضور کو سونے کا محل دکھانے لے گیا لیکن اس نے حضور کو "ساتواں در" نہیں دکھایا۔ اس کی وجہ یہ ہے کہ اس نے شاہی خزانہ سے مال دولت چرا کر وہاں چھپائی ہے۔"

دوسرے وزیروں کے بات سن کر شہزادہ عجیب شش و پنج میں پڑ گیا۔ کبھی سوچتا کہ اتنا ایماندار اور عقل مند وزیر شاہی خزانہ سے روپیہ کیسے چرا سکتا ہے۔ اور پھر سوچتا کہ اس نے محل کا ساتواں در کیوں نہیں دکھایا۔ اس میں کیا راز ہے؟

وزیروں کے بار بار کان بھرنے سے شہزادے کو بوڑھے وزیر پر کچھ کچھ شبہ ہونے لگا۔ کئی مرتبہ شہزادے نے بند الفاظ میں وزیر سے "در" نہ دکھانے کی وجہ

پوچھی، لیکن ہر مرتبہ وزیر اکرم خاں نے ٹال دیا جس سے شہزادے کا شبہ یقین میں بدل گیا۔ آخر جب شہزادے نے سونے کے محل کا ساتواں "در" دیکھنے کی بہت ضد کی تو وزیر کو کہنا پڑا۔

"حضور مجھے آپ کے والد صاحب نے وصیت کی تھی کہ میں آپ کو "ساتواں در" نہ دکھاؤں۔ اس میں میرا کوئی ذاتی فائدہ نہیں ہے۔"

لیکن شہزادے کو وزیر کی بات پر اعتبار نہ آیا اور اس نے وزیر کو حکم دیا کہ وہ دوسرے روز "ساتواں در" دیکھے گا۔

اب وزیر بالکل مجبور ہو گیا۔ شہزادے کے حکم کی تعمیل ضروری تھی۔ اس لئے دوسرے روز سویرے وہ شہزادے کو لے کر سونے کا محل کی طرف روانہ ہوا۔

وزیر نے کانپتے ہوئے ہاتھوں سے "ساتواں در" کا قفل کھول دیا۔ کمرے میں چاروں طرف اندھیرا چھایا ہوا تھا اور کچھ دکھائی نہیں دیتا تھا۔ موم بتی منگا کر روشن کی گئی۔ کمرے میں چاروں طرف اجالا پھیل گیا۔ سامنے دیوار پر ایک بہت بڑی تصویر آویزاں تھی جس میں ایک بہت خوبصورت شہزادی کھڑی تھی۔ شہزادہ تھوڑی دیر متحیر کھڑا دیکھتا رہا اور پھر غش کھا کر گر پڑا۔ وزیر نے لپک کر فرش پر سے شہزادے کو اٹھایا اور محل میں لا کر لٹا دیا۔

دوسرے دن شہزادے نے سویرے سویرے وزیر کو بلا بھیجا۔ وزیر نے جھک

کر سلام کیا اور ایک طرف بیٹھ گیا۔ شہزادے نے آہستہ سے سر اُٹھایا جو ندامت کے بوجھ سے جھک گیا تھا۔ شہزادے نے کہنا شروع کیا" مجھے افسوس ہے کہ میں نے تم پر بلاوجہ شک کیا۔ میرے دوسرے وزیروں نے مجھے غلط اطلاع دی، جس کی میں انہیں سزا دوں گا۔ خیر جو کچھ ہوا سو ہوا لیکن اس بات کا جلد از جلد پتہ لگایا جائے کہ وہ شہزادی کہاں کی ہے؟"

وزیر نے سلام کیا اور چلا گیا۔

کچھ دنوں بعد بوڑھے وزیر نے شہزادے کو اطلاع دی، یہاں سے پانچ سو میل کی دوری پر ایک جزیرہ ہے اور شہزادی وہاں کے باشاہ کی بیٹی ہے اور اس کا نام ہے "حسن جمال"۔ شہزادے نے خوش ہو کر پوچھا "لیکن یہ تو بتاؤ کہ میں اس کو کس طرح حاصل کر سکتا ہوں ؟" بوڑھے وزیر نے کہا۔ " حضور ایک ترکیب میری سمجھ میں آئی ہے اور وہ یہ ہے کہ شہزادی حسن جمال کو سونے کے خوبصورت برتن بہت پسند ہیں حضور میرے ساتھ جزیرے تک چلیں۔ میں شہزادی کو کسی ترکیب سے جہاز تک لے آؤنگا۔"

ترکیب شہزادے کو پسند آئی اور اس نے سونے کے ایک سے ایک خوبصورت برتن بنوانے شروع کئے جب سب برتن بن کر تیار ہو گئے۔ شہزادے نے ان کو ایک جہاز پر لدو لیا اور جہاز جزیرہ کی طرف روانہ ہو گیا۔

پانچ دن کے سمندری سفر کے بعد چھٹے دن جزیرہ نظر آنے لگا، اور سب میں خوشی کی لہر دوڑ گئی۔ جہاز کے لنگر ڈال دئے گئے کیونکہ جزیرہ آ چکا تھا۔ بوڑھے وزیر نے چند نہایت خوبصورت اور بیش قیمت برتن اپنے ساتھ لئے اور شہزادے کو جہاز ہی پر چھوڑ کر شہزادی کے محل کی طرف روانہ ہو گیا۔

محل کے پھاٹک پر دو سپاہی پہرہ دے رہے تھے۔ بوڑھا وزیر سوداگر کے بھیس میں سیدھا سپاہیوں کے پاس پہنچا اور کہنے لگا "میں ملک ایران کا ایک مشہور تاجر ہوں اور سونے کے خوبصورت برتنوں کی تجارت کرتا ہوں۔ میں نے سن رکھا ہے کہ شہزادی صاحبہ کو سونے کے خوبصورت برتن بہت پسند ہیں اس لئے کچھ برتن تحفۃً پیش کرنا چاہتا ہوں۔"

ان میں سے ایک سپاہی اندر گیا اور کچھ دیر بعد واپس آیا اور کہنے لگا "شہزادی صاحبہ آپ کو یاد فرماتی ہیں۔"

بوڑھا وزیر سپاہی کے پیچھے چلا اور کچھ دیر بعد سپاہی اس کو ایک عالیشان کمرے کے سامنے لے گیا جس پر بیش قیمت پردہ لہرا رہا تھا۔ سپاہی نے پردہ اٹھایا اور اندر چلا گیا تھوڑی دیر بعد پھر آیا اور بوڑھے کو بھی اندر بلا لے گیا۔

وزیر نے ادب کے ساتھ سلام کیا اور برتن شہزادی کی طرف بڑھا دیے۔ شہزادی حسن جمال برتنوں کو دیکھ کر بہت خوش ہوئی اور وزیر سے مزید برتن

طلب کئے۔ وزیر نے کہا" حضور چند برتن تحفہ کے طور پر دینے لایا تھا۔ اس سے بھی خوصورت برتن تو میرے جہاز پر موجود ہیں۔ حضور میرے ساتھ چلیں اور جو برتن پسند آئیں لے آئیں۔"

شہزادی چند کنیزوں کو لے کر وزیر کے ساتھ جہاز کی طرف روانہ ہو گئی۔ جہاز پر شہزادہ پہلے ہی سے منتظر بیٹھا تھا۔ اس نے بڑے تپاک سے شہزادی کا خیر مقدم کیا اور بڑے قرینے کے ساتھ سونے کے ایک سے ایک خوبصورت برتن دکھانے لگا۔ شہزادی برتنوں سے زیادہ شہزادہ کے اخلاق سے متاثر ہوئی۔ شہزادی نے کئی برتن پسند کئے اور واپس جانے کے لئے جہاز کے ڈیک پر پہنچی۔ لیکن یہ دیکھ کر گھبرا گئی کہ جہاز بیچ سمندر میں تیر رہا ہے۔ یہ دیکھ کر شہزادی نے بوڑھے وزیر سے غصہ میں کہا: "تم کو معلوم ہونا چاہیئے کہ میں یہاں کی شہزادی ہوں۔ اگر میر والد کو پتہ چل گیا تو تم لوگوں کی سزا موت ہو گی"۔ یہ سن کر شہزادہ آگے بڑھا اور کہنے لگا "میں بھی کوئی چور یا ڈاکو نہیں بلکہ شاہ ایران ہوں۔" یہ سن کر شہزادی چپ ہو گئی۔

کئی دن سمندری سفر کے بعد شہزادہ تھک گیا تھا۔ اس لئے خشکی پر پہنچتے ہی پڑاؤ ڈال دیا۔ رات کو بوڑھا وزیر اپنے خیمہ میں لیٹا ہوا تھا۔ اس کے خیمہ کے پاس ایک کھجور کا پیڑ تھا جس پر دو مینائیں بیٹھی ہوئی آپس میں باتیں کر رہی تھیں۔

بوڑھا وزیر ان کی باتیں سن رہا تھا۔ ایک مینا دوسری مینا سے کہہ رہی تھی۔

"بیچارہ شہزادہ جو اتنی مشکلوں کے بعد شہزادی کو حاصل کر کے لایا ہے افسوس وہ سویرے مر جائے گا۔" دوسری بولی "وہ کیسے ؟"

پہلی نے کہا "سویرے نیلم پری کا گھوڑا یہاں آئے گا۔ گھوڑا شہزادے کو بہت پسند آئے گا اور وہ اس پر بیٹھ جائے گا۔ گھوڑا شہزادے کو لے کر اوپر اڑ جائے گا اور اوپر سے گرا کر مار ڈالے گا۔"

دوسری بولی "کوئی ایسی بھی ترکیب ہے جس سے شہزادہ بچ جائے ؟"

پہلی بولی "ہاں ایک ترکیب ہے کہ کوئی بہت ضعیف آدمی اس گھوڑے کے دونوں پر کاٹ لے جس سے گھوڑا مر جائے گا۔

"لیکن اگر شہزادہ یہاں سے بچ گیا تو شہزادہ جب اپنی رجدھانی پہنچے گا تو وہاں ایک بہت بڑی سازش کا شکار ہو جائے گا۔"

دوسری بولی "وہ کیسے ؟"

پہلی بولی "دنیا میں اچھے اور اور سیدھے انسان کے بھی دشمن پیدا ہو ہی جاتے ہیں۔ اس طرح شہزادے کے دشمن اس کے تخت کے نیچے مسالہ لگا دیں گے۔ اور جب شہزادہ تخت پر بیٹھے گا تو اس میں آگ لگا دی جائے گی جس سے شہزادہ جل کر مر جائے گا۔"

دوسری بولی "لیکن کیا کوئی ایسی ترکیب ہے جس سے شہزادہ کی جان بچ سکے۔"

پہلی بولی۔"ہاں ایک ترکیب ہے جس سے شہزادہ بچ سکتا ہے، وہ یہ ہے کہ جس وقت شہزادہ تخت پر بیٹھنے جائے فوراً کوئی تخت الٹ دے لیکن مجھے افسوس ہے کہ اگر شہزادے کی جان بچ بھی گئی تو شہزادی کی جان کا بچنا محال ہے۔"

دوسری بولی "وہ کیسے؟"

پہلی نے کہا "شہزادے کے ساتھ شادی ہونے کے خوشی میں شہزادی ناچے گی اور اتنا ناچے گی کہ بے ہوش ہو جائے گی اور پھر کبھی ہوش میں نہ آئے گی۔"

دوسری بولی "کوئی ایسی ترکیب ہے جس سے بیچاری شہزادی کی جان بچ سکے۔"

پہلی بولی "ہاں ہے تو جب شہزادی بے ہوش ہو کر گر پڑے فوراً کوئی آدمی اس کے سینہ سے چار قطرے خون کے گرادے جس سے شہزادی دوبارہ ہوش میں آجائے گی لیکن اے مینا! اگر یہ راز کوئی سن رہا ہے تو اسے چاہئے کہ وہ یہ راز کسی سے نہیں بتائے ورنہ پتھر کا ہو جائے گا۔"

دوسری بولی "لیکن کیا کوئی ترکیب ایسی نہیں ہے کہ آدمی پتھر ہو جانے کے بعد زندہ ہو سکے۔"

"اگر تو پوچھتی ہے تو بتائے دیتی ہوں، ایک ترکیب ایسی ہے جس سے پتھر کا

آدمی دوبارہ زندہ ہو سکتا ہے وہ یہ ہے کہ یہ راز جاننے والا آدمی جس سے یہ راز کہے گا۔ اس آدمی کے لڑکے کا تھوڑا سا خون اس کے مجسمہ پر لگ جائے تو وہ پھر سے زندہ ہو سکتا ہے۔"

وزیر نے رات بھر جاگ کر مینا کی بات سن لی تھیں۔ اب فجر کا وقت تھا وزیر نے اٹھ کر نماز ادا کی اور نماز سے فارغ ہو جانے کے بعد وہ خیمہ سے باہر نکلا۔ شہزادہ سبزے پر چہل قدمی کر رہا تھا۔ مصاحب اس کے پیچھے تھے وزیر بھی شہزادے سے مختلف امور پر باتیں کرنے لگا۔ قریب آدھ گھنٹے کے بعد شمال کی طرف سے زن زن کی آواز آنے لگی۔ شہزادہ نے گھبرا کر پلٹ کر دیکھا تو اسے ایک بہت خوبصورت گھوڑا نظر آیا جو اس کی طرف اڑتا چلا آرہا تھا۔ دیکھتے دیکھتے گھوڑا سبزے پر اتر آیا اور چرنے لگا۔ گھوڑا بہت خوبصورت تھا اور شہزادے کو بھی گھوڑا بہت پسند آیا۔ اس نے اپنے غلاموں کو گھوڑا پکڑنے کا حکم دیا۔ پورے دو گھنٹے کی کوششوں کے بعد غلام گھوڑے کو پکڑ کر شہزادے کے پاس لے گئے۔ شہزادہ گھوڑے کو دیکھ کر بہت خوش ہوا اور اس کی لگام تھام کر پیٹھ سہلانے لگا۔ شہزادہ چاہتا تھا کہ اچک کر گھوڑے کی پیٹھ پر بیٹھ جائے کہ وزیر تیزی سے آگے بڑھا اور اس نے گھوڑے کے دونوں پر کاٹ دیئے۔ گھوڑا زمین پر گرا اور تڑپ تڑپ کر مر گیا۔

ایک بار پھر وزیر کے دشمنوں کو موقع ہاتھ آیا اور انہوں نے اس کے خلاف خوب زہر اگلا۔ شہزادے کو غصہ تو بہت آیا لیکن کچھ سوچ کر چپ ہو گیا۔ تین دن سفر کرنے کے بعد شہزادہ دار السلطنت پہنچا۔ شہر والوں نے خوب دھوم دھام سے شہزادہ اور شہزادی کا خیر مقدم کیا۔ شام کو دربار عام لگا۔ تمام محلوں کو دلہن کی طرح سجادیا گیا۔ ہر طرف شادیانے بج رہے تھے اور شہزادہ بڑے باوقار انداز سے تخت کی طرف جارہا تھا۔ بوڑھا وزیر پیچھے پیچھے سر جھکائے چل رہا تھا۔ پورے دربار پر سناٹا چھایا ہوا تھا۔ سب لوگ چپ چاپ کھڑے تھے۔ شہزادہ تخت پر بیٹھنے کے لئے مڑا، لیکن بوڑھا وزیر بجلی کی تیزی سے جھپٹا اور تخت کو الٹ دیا۔ سارا دربار ایک ساتھ چلا اٹھا اور شہزادہ بھی ہکا بکا ہو کر وزیر کی طرف دیکھنے لگا۔ بوڑھا وزیر سر جھکائے کھڑا تھا۔ شہزادے کا چہرہ غصہ سے لال ہو رہا تھا۔ شہزادہ تھوڑی دیر اسی حالت میں کھڑا رہا اور پھر کچھ سوچ کر تخت کو سیدھا کرا کر بیٹھ گیا۔ کالا کالا مسالہ فرش پر پھیل گیا تھا۔

جشن شروع ہوا۔ شہزادی نے بھڑکیلے لباس میں ملبوس ہو کر ناچنا شروع کیا۔ شہزادی کے ناچنے سے شہزادے کی عجیب کیفیت ہو رہی تھی۔ سارے دربار پر ایک وجد سا طاری تھا لیکن بوڑھا وزیر نہ جانے کیوں بے چین تھا۔

یکایک شہزادی حسن جمال ناچتے ناچتے دھڑام سے فرش پر گر پڑی۔ شہزادے

کے ساتھ پورا دربار چونک پڑا۔ جب تک شہزادہ تخت سے اترے، وزیر جلدی سے بڑھا اور شہزادی کے سینہ سے کچھ قطرے خون کے نکال ڈالے۔ وزیر کی یہ حرکت دیکھ کر سارے درباریوں کی نگاہیں وزیر کی طرف اٹھ گئیں اور بوڑھے وزیر کے دشمنوں کے ایک بار پھر موقعہ ہاتھ آیا۔ کچھ وزیر ہاتھ باندھ کر آگے بڑھے اور ان میں سے ایک وزیر نے کہنا شروع کیا۔

"حضور یہ بوڑھا ناہنجار بہت گستاخ ہو گیا ہے اس نے حضور کی کئی بار بے عزتی کی۔ حضور کو جو بھی چیز پسند ہوتی ہے اس گستاخ کو ایک آنکھ نہیں بھاتی۔ حضور نے جانفشانی کے بعد گھوڑا پکڑوایا تھا لیکن یہ اسے بھی نہیں دیکھ سکا اور اسے مار کر حضور کی دل شکنی کی۔ وہ تو حضور کی طبیعت ہی ایسی ہے کہ بڑے سے بڑے قصور کو معاف فرماتے ہیں۔ دوبارہ تخت مبارک کو الٹ دیا۔ یہ بھی کوئی ایسا قصور نہیں ہے جس کو معاف کر دیا جاتا ہے لیکن آپ نے اس کو بھی معاف فرملیا جس سے اس گستاخ کو شہ ملی۔ شہزادی صاحبہ کی عزت پر ہاتھ صاف کر بیٹھا، حضور کو اس قصور پر اس کو سزائے موت دینا چاہیئے۔" شہزادہ کا غصہ حد سے باہر ہو چکا تھا۔ اس نے وزیر کو گرفتار کرنے کا حکم دیا۔ سپاہیوں نے وزیر کو گرفتار کر کے شہزادے کے سامنے پیش کیا، شہزادے نے ایک بار وزیر کی طرف حقارت بھری نظروں سے دیکھا اور کہنا شروع کیا۔

"اکرم خاں! کیا تم جانتے ہو کہ اب تک جو جرم تم نے کیے ان کی کیا سزا ہونی چاہیئے۔"

بوڑھے وزیر نے جواب دیا "جی ہاں میں جانتا ہوں کہ میرے جرموں کی سزا موت ہونی چاہیئے۔"

شہزادے نے پھر کہنا شروع کیا "لیکن میں نے تم کو ہمیشہ معاف کیا مگر شہزادی کی بے عزتی کر کے تم وہ جرم کیا ہے جسے میں کبھی معاف نہیں کر سکتا، اس لئے اس جرم میں تم کو سزائے موت دی جاتی ہے۔"

وزیر نے آہستہ سے سر اٹھا کر التجا بھری نظروں سے شہزادہ کی طرف دیکھا اور پھر سر جھکالیا۔

شہزادہ نے پھر کہنا شروع کیا۔ "اس پہلے کہ تم سولی پر چڑھو میں تم سے پچھلے تمام جرموں کی وجہ پوچھنا چاہتا ہوں۔ بتاؤ تم نے اتنے بڑے خوبصورت گھوڑے کو مار کر میری دل شکنی کیوں کی؟ تم نے تخت شاہی کو الٹ کر میری بے عزتی کیوں کی؟ اور بتاؤ کہ بھرے دربار میں تم نے شہزادی حسن جمال کی بے عزتی کیوں کی؟ تمام سوالوں کا جواب مابدولت جلد از جلد چاہیئے۔"

بوڑھے نے سوچا کہ شہزادہ میری موت کا حکم دے چکا ہے تو کیوں نہ سب باتیں بتا کر عزت کی موت مروں۔ یہ سوچ کر بوڑھے نے ایک ایک کر کے سب

راز بتادیے۔ جب وزیر نے پہلا راز بتایا تو اس نے محسوس کیا کہ وہ کمر تک پتھر کا ہو گیا تھا، تیسرا راز بتاتے ہی بوڑھے وزیر کی جگہ وزیر کا مجسمہ کھڑا تھا۔

شہزادے کو جب وزیر کی سچائی کا علم ہوا تو اسے بہت افسوس ہوا۔ اس کو یہ سوچ سوچ کر اور افسوس ہوتا تھا کہ اس نے ایک عقل مند اور وفادار وزیر سے ہاتھ دھولیا ہے۔ اس نے ان وزیروں کو جو بوڑھے کے دشمن تھے اور اسے ہمیشہ غلط مشورہ دیتے رہتے تھے سولی پر چڑھوادیا اور بوڑھے وزیر کا مجسّمہ اس نے اپنے خوبصورت باغ میں رکھوادیا جس پر وہ سویرے سویرے جاکر عقیدت کے پھول چڑھاتا تھا۔

کئی سال گذر گئے اور اب شہزادے کے بیٹے کی عمر پانچ سال کی تھی۔ ایک دن وہ باغ میں کھیل رہا تھا۔ اسے وزیر کا مجسّمہ بہت پسند تھا، جب وہ باغ میں کھیلنے جاتا، وزیر کے مجسّمے کو بڑی دلچسپی اور تعجب کے ساتھ دیکھتا تھا۔ اس دن بھی وہ وزیر کے مجسّمے کو بڑے غور سے دیکھ رہا تھا کہ اسے مجسّمے پر اپنے باپ کے چڑھائے ہوئے خوبصورت پھول نظر آئے۔

شہزادہ پھول لینے کے لئے مجسّمے کی طرف دوڑا، لیکن کسی چیز سے الجھ کر مجسّمے کے پاس ہی گر پڑا جس سے شہزادہ کی ہتھیلی چھل گئی اور اس میں سے خون رسنے لگا۔ شہزادہ نے خون نکلتا دیکھ کر ہاتھ کو وزیر کے مجسمے سے پونچھ لیا۔ شہزادے کا

خون مجسمے سے لگا، اور مجسمے میں حرکت ہوئی اور تھوڑی دیر بعد پتھر کا مجسمہ دھڑام سے ایک طرف کو گر گیا اور اس کی جگہ گوشت پوست کا بوڑھا وزیر کھڑا مسکرا رہا تھا۔

ننھا شہزادہ یہ سب دیکھ کر بھونچکا سا کھڑا تھا۔ بوڑھے وزیر نے لپک کر ننھے شہزادے کو گود میں اٹھالیا اور شہزادے کے پاس پہنچا۔ شہزادہ بوڑھے وزیر کو دیکھ کر پہلے تو ڈرا لیکن جب وزیر نے سارا واقعہ بتایا تو شہزادے کو بہت خوشی ہوئی۔

وزیر کے دوبارہ جنم لینے پر ایک بہت بڑا جشن منایا گیا جس میں خاص و عام سب شامل ہوئے۔ شہزادہ مارے خوشی کے پھولا نہ سماتا تھا کیونکہ اسے اس کا وفادار اور نیک مشورے دینے والا وزیر دوبارہ مل گیا تھا۔

غرور کا نتیجہ

ایک تھی لڑکی، اس کا نام ہاجرہ تھا۔ ہاجرہ بہت ہی اچھا کاڑھنا جانتی تھی۔ اس کا کاڑھا ہوا کپڑا ایسا معلوم ہوتا تھا جیسے کسی مٹی کے پتلے میں جان پڑ گئی ہو۔ وہ کپڑے پر ہر قسم کی تصاویر، ہر قسم کے نقشے خوبصورت رنگ برنگی چمکدار تار کشی سے بناتی تھی۔

اپنے اس فن میں وہ اس قدر مشہور تھی کہ اس کا کاڑھا ہوا کپڑا ہاتھوں ہاتھ بہت زیادہ داموں پر با آسانی سے بک جاتا تھا۔ ہر امیر مرد عورت اس کے کاڑھے ہوئے کپڑوں سے اپنے گھر کو سجانا پسند کرتے تھے۔ اپنی اس مقبولیت کی وجہ سے وہ بہت جلد امیر ہو گئی۔ مگر اس کے ساتھ ہی ساتھ وہ مغرور بھی ہو گئی۔ اپنے سامنے وہ کسی کی حقیقت سمجھتی ہی نہیں تھی۔ اگرچہ اس کے بزرگوں نے اس کو بہت سمجھایا کہ وہ اتنی مغرور نہ ہو کیوں کہ غرور کا سر ہمیشہ نیچا ہوتا ہے مگر اس پر کوئی اثر نہ ہوا بلکہ اس کے غرور میں اضافہ ہوتا رہا۔

ایک مرتبہ ایک بوڑھی عورت اس کے پاس آئی۔ اس نے ہلکے خاکی رنگ کے کپڑے پہن رکھے تھے۔ ظاہر طور پر وہ عورت غریب معلوم ہوتی تھی اس لئے ہاجرہ نے اس سے بات بھی کرنا پسند نہ کیا۔ اس بوڑھی عورت نے ہاجرہ کے کام کی

بڑی تعریف کی مگر مغرور ہاجرہ نے اس کے جواب میں شکریہ کا ایک لفظ بھی نہ کہا۔

اس پر اس بوڑھی نے ہاجرہ کو بہت نصیحت کی کہ کسی کو بھی کسی بات پر غرور نہ کرنا چاہیئے کیونکہ یہ آدمی کی تباہی کا باعث ہوتا ہے۔ مگر ہاجرہ پر اس نصیحت کا بھی کوئی اثر نہ ہوا بلکہ جب اس نے بوڑھی عورت کو بہت سخت اور ست کہا تو اس عورت کو بہت غصہ آیا اور اس نے ہاجرہ کو مقابلہ کی دعوت دی جسے ہاجرہ نے منظور کر لیا۔

کئی معزز عورتوں کی موجودگی میں دونوں نے کپڑے کے ٹکڑوں پر کاڑھنا شروع کیا۔ بوڑھی عورت نے کپڑے پر ایک تصویر بنائی تھی جس میں ایک مغرور لڑکی کا انجام دکھایا گیا تھا کہ وہ کس طرح تباہ ہوئی اور دوسری طرف ہاجرہ نے بوڑھی عورت کو دوسری عورتوں سے لڑتے ہوئے دکھایا تھا۔

کیا تم سوچ سکتے ہو کہ اس مقابلے میں کون جیتا؟

سب سے خوبصورت کڑھائی ہاجرہ کی مانی گئی اور بوڑھی عورت ہار گئی۔ مگر جب بوڑھی عورت نے یہ دیکھا کہ ہاجرہ نے کس طرح اس کا مذاق اڑایا ہے تو اس نے ہاجرہ کو اپنے جادو کے زور سے مکڑی بنا دیا۔ کیونکہ وہ بوڑھی عورت پریوں کی ملکہ تھی جو بھیس بدل کر ہاجرہ کا امتحان لینے آئی تھی۔ یہی وجہ ہے کہ مکڑی سب

سے مہین اور خوبصورت جالا بنتی ہے۔

بچو! غرور کا انجام دیکھا۔ اگر ہاجرہ غرور نہ کرتی تو کیوں مکڑی بنتی۔ اس لئے تم اپنے کسی کامیابات پر غرور نہ کرنا کیونکہ

"غرور کا سر ہمیشہ نیچا ہوتا ہے"

اور جو شخص غرور کرتا ہے وہ کبھی دنیا میں ترقی نہیں کر سکتا۔

سچائی کا پھل

ٹن، ٹن، ٹناٹن!!! تفریح کی گھنٹی ختم ہو گئی۔ لڑکے اپنی اپنی جماعت میں جانے لگے لیکن اختر ابھی تک حمید اور جمیل کے جھگڑے کو ختم کرانے کی کوشش کر رہا تھا۔ حمید اور جمیل جگری دوست تھے، ان لوگوں میں کبھی بھی جھگڑا نہ ہوا تھا لیکن آج صرف ایک چھوٹی سی موٹر کے لئے دونوں بُری طرح لڑ پڑے تھے۔

جغرافیہ کا پریڈ تھا، ماسٹر صاحب کلاس میں آئے لیکن اختر، حمید اور جمیل ابھی تک باہر ہی تھے۔ لڑکوں کے بتانے پر ماسٹر صاحب کے غصہ کا پارہ ایکدم چڑھ گیا، انہوں نے تینوں کو بلوالیا۔ اختر سب سے پہلے کلاس میں داخل ہوا۔ اُس کے ہاتھ میں ایک موٹر تھی حمید اور جمیل اس کے پیچھے تھے۔ دونوں کے چہروں پر غصہ اور خوف کے ملے جلے اثرات نمایاں تھی۔

"اختر" ماسٹر صاحب گرجے۔

"جی" آواز میں کپکپاہٹ تھی۔

"کیوں لڑ رہے تھے؟" کمرہ گونج اٹھا۔

"حمید اور جمیل اس موٹر کے لئے لڑ رہے تھے۔" اختر نے موٹر ماسٹر صاحب کے سامنے رکھتے ہوئے کہا۔ "اور میں ان میں صلح کرانے کی کوشش کر رہا تھا۔"

آواز سہمی سہمی تھی۔

"ہوں، موٹر کس کی ہے؟" ماسٹر صاحب نے موٹر ہاتھ میں لیتے ہوۓ پوچھا۔

"جی میری ہے۔" حمید اور جمیل ایک ساتھ بول اٹھے۔

"دونوں کی ہے؟" ماسٹر صاحب نے موٹر کو ہاتھ میں لیتے ہوئے پوچھا۔

"جی نہیں، صرف میری ہے۔" جمیل جلدی سے بولا، "حمید جھوٹ بولتا ہے۔"

"کیوں حمید؟" ماسٹر صاحب نے کھا جانے والی نظروں سے حمید کو دیکھا۔

"ماسٹر صاحب!" حمید کی آنکھ سے آنسو چھلک پڑے، "موٹر میری ہے۔"

"کیا ثبوت ہے؟" ماسٹر صاحب گھورتے ہوئے بولے۔

"اس پر B.B. لکھا ہے اور جاپان کی بنی ہوئی ہے۔" حمید جلدی سے بولا۔

"کتنے میں خریدی ہے؟" ماسٹر صاحب کے لہجے میں نرمی تھی۔

"................" حمید خاموش رہا۔

"کتنے میں خریدی ہے" ماسٹر صاحب اب گرجے۔ ان کے لہجہ کی نرماہٹ یکلخت غائب ہو گئی۔

"دس روپے میں۔" جمیل جلدی سے بولا۔

ماسٹر صاحب جمیل کو گھورنے لگے اور پھر ان کی نظریں کلاس کے لڑکوں پر

پڑیں، لڑکے سہم گئے۔

"تم لوگوں میں سے کسی کے پاس ایسی موٹر ہے؟" آواز گونجی۔

"جی ہاں" اسلم بولا، "میں نے کل ہی دس روپے میں خریدی ہے۔"

اور پھر ماسٹر صاحب کے طمانچوں اور گھونسوں کی بارش نے حمید کے جوڑ جوڑ ڈھیلے کر دیے۔ لڑکے سہمے ہوئے تھے جیسے انہیں ڈر ہو کہ بھول کر کوئی گھونسا ان پر نہ پڑ جائے۔ حمید کی سسکیاں اور چیخیں کلاس میں گونج رہیں تھیں۔ آخر ماسٹر صاحب مارتے مارتے تھک گئے۔ لیکن ان کی زبان ابھی تک تیزی سے چل رہی تھی، "کمینے، ذلیل، چور، جھوٹ بولتے ہوئے شرم نہیں آئی۔ دس روپے کے کھلونے رکھنے کی تجھ میں اوقات بھی ہے۔ نوّے روپے ماہوار پانے والا کلرک اپنے بیٹے کو دس روپے کا کھلونا لا کر دیگا! چور لفنگے، ایسے لڑکے کو میں اسکول سے نکلوا دوں گا!"

گھنٹی ختم ہو گئی۔ لڑکے کلاس سے باہر نکل آئے۔ حمید سسکیاں لیتا ہوا اپنی سیٹ پر بیٹھا رہا۔ جمیل نے میز سے موٹر اٹھالی۔ اختر اسلم کے ساتھ باہر نکل آیا۔

"میں حمید کو چور نہیں سمجھتا تھا، اسے جھوٹ بولتے شرم بھی نہ آئی، اتنی قیمتی موٹر صرف امیر خرید سکتے ہیں۔" اسلم نے فخر سے کہا۔ "ایک کلرک کے بس کا روگ نہیں۔" اسلم نے حقارت سے منہ بنایا۔

"بالکل۔ جمیل جج کا بیٹا ہے۔ اس کو روپے کی کیا کمی ایسے ایسے ہزاروں کھلونے خرید سکتا ہے۔" اختر نے ہاں میں ہاں ملائی۔

"انھ ہزاروں!" اسلم کے لہجے میں نفرت تھی۔" میرے پاس ایسی ایسی موٹریں اور دوسرے کھلونے سیکڑوں ہیں۔"

"دوست یہ کھلونے تم کس دوکان سے خریدا کرتے ہو؟" اختر نے پوچھا۔

"کیوں کیا خریدنے کا ارادہ ہے؟" لہجہ میں حقارت تھی۔

"نہیں یار" اختر نے درد بھرے لہجے میں بولا۔ "میرے پاس اتنے پیسے کہاں......"

"خیر جانے دو" اختر نے جلدی سے اپنا جملہ پورا کر دیا۔

"رمیش اینڈ کو۔" سلم خود بخود بولا۔

اسکول سے چھٹی ہوتے ہی اختر رمیش اینڈ کو کی دوکان پر تھا۔ اُسے نہ جانے کیوں یقین نہ تھا کہ موٹر جمیل کی ہے لیکن وہ یہ بھی جانتا تھا اتنا قیمتی کھلونا رکھنا حمید کے بس کا بھی روگ نہیں ہے۔ پھر موٹر کس کی ہے؟ اختر کی کھوجی طبیعت نے اُسے اس بات پر مجبور کر دیا تھا کہ وہ اصلیت کا پتہ لگائے۔

"کوئی چابی والی موٹر آپ کے پاس ہے؟" اختر نے پوچھا۔

دوکاندار نے ایک موٹر سامنے لاکر رکھ دی۔

"اس کے علاوہ اور بھی ہے؟" اختر نے اسے الٹ پلٹ کر دیکھتے ہوئے کہا۔

"نہیں۔" دکاندار کا جواب تھا۔

"ایک ہی منگوائی تھی؟"

"جی نہیں دو عدد منگوائی تھیں"

"بہت کم"

"بات یہ ہے کہ ہم لوگ اندازہ لگانے چاہتے ہیں کہ یہاں چل سکتی ہے یا نہیں۔"

"یہاں تو شاید زیادہ نہ چلے۔" اختر نے اپنا خیال ظاہر کیا۔

"نہیں صاحب کل ہی مال آیا ہے اور کل ہی سیٹھ احمد بھائی کے لڑکے اسلم بابو لے گئے ہیں اور یہ موٹر لالہ دین دیال کے لڑکے نریش بابو نے خرید لی ہے۔ ہم نے دو دن کے لئے ان سے مانگ لی ہے تاکہ خریدار کو دکھا کر آرڈر لے سکیں۔"

"اوہ تو آپ صرف دکھا ہی سکیں گے......؟"

"نہیں صاحب" دوکاندار نے کہا۔ "دو تین دن میں ہمارا مال آنے والا ہے آپ اپنا آرڈر بک کرا دیجئے۔"

"خیر دو تین دن بعد خود آجاؤں گا۔" اختر نے کہا اور دوکان سے باہر نکل آیا۔

اس کے قدم تیزی سے گھر کی طرف اُٹھ رہے تھے۔ وہ جلد سے جلد جاوید بھائی سے مشورہ لینا چاہتا تھا۔ جاوید کے بھائی سی۔ آئی۔ ڈی کے انسپکٹر تھے۔ اس لئے اس کو امید تھی کہ جاوید بھائی اس کو صحیح مشورہ دے سکیں گے۔

اچانک اس منہ سے ہلکی سی چیخ نکل گئی۔ اختر تیزی سے گیٹ کے اندر داخل ہوا لیکن اس کا سر کسی دوسرے کے سر سے بُری طرح ٹکرا گیا۔

"دیکھ کر چلا کیجئے۔"

"کون حمید!" اختر پیشانی سے ہاتھ ہٹاتا ہوا بولا۔

"ہوں"

"بھئی تم یہاں کیسے! ابھی گھر نہیں گئے۔" اس کے ہاتھ میں کتاب دیکھ کر اختر نے کہا۔ "ہاں اسکول سے تمہارے ہی یہاں آ رہا ہوں لیکن تم نہ تھے۔"

"ہاں بازار سے ہوتا ہوا آرہا ہوں۔" اختر نے کہا۔ "چلو اندر چلیں۔"

"نہیں" حمید نے سرد لہجے میں کہا۔ "مجھے تم سے کچھ کہنا ہے۔"

"تو بھئی اندر چلو۔ اطمینان سے سنیں گے۔" اختر نے کہا۔

حمید نے کوئی جواب نہیں دیا۔ وہ اپنے ٹوٹے ہوئے چپل سے مٹی کرید تا رہا۔

"آج تو کلاس میں تم بھی تھے۔" حمید نے اپنی نظریں اختر کے چہرے پر گاڑ دیں۔

"دوسرے لڑکوں کی طرح تم بھی مجھے چور سمجھتے ہو گے۔ تمہارا بھی خیال ہو گا کہ میں نے جھوٹ بولا ہے" حمید اختر کو گھور رہا تھا۔ اختر خاموش تھا۔

"اختر میں غریب ضرور ہوں لیکن چور نہیں۔" حمید چیخ اٹھا۔

"اختر میں نے جھوٹ نہیں بولا ہے میں نے چوری نہیں کی ہے۔" اس کی آواز حلق میں پھنس گئی۔

اختر کواڑ سے ٹکا حمید کو گھور رہا تھا۔ حمید کی آنکھیں بھر آئیں۔

"شاید تمہیں یقین نہیں آیا۔" آواز میں درد تھا۔

"ایں......ایں نہیں ایسی کوئی بات نہیں" اختر گڑبڑا کر بولا۔ دراصل وہ اپنی ایک غلطی پر افسوس کر رہا تھا کہ "رمیش اینڈ کو" کے یہاں آرڈر بک کیوں نہیں کرالیا۔

"کیا وہ موٹر جمیل کی نہیں ہے؟"۔ اختر رُک کر بولا۔

"تم نے خریدی ہے؟"

"نہیں"

"پھر؟"

حمید خاموش رہا۔

"اوہ! شاید بتانا نہیں چاہتے؟"

"نہیں یہ بات نہیں ہے۔"

"تو؟"

"اچھا اب میں جاتا ہوں۔" حمید نے کہا اور جلدی سے دروازے کے باہر نکل گیا۔

اختر کا دماغ بری طرح الجھا ہوا تھا۔ ایسے وقت میں جاوید بھائی اس کے بہترین مددگار تھے۔

"جاوید بھائی آپ تھوڑا سا وقت مجھے دے سکتے ہیں۔"

"ضرور ضرور۔ کیوں نہیں؟"

اختر نے کُل واقعہ جاوید بھائی کو بتا دیا۔

"ہوں" جاوید بھائی سر ہلاتے ہوئے بولے۔ "جمیل کی موٹر اور رمیش اینڈ کو کی موٹر میں تم نے کوئی خاص مارک کی؟"

"جی ہاں، رمیش اینڈ کو کی موٹر پر .B.C ٹریڈ مارک ہے اور اس پر B.B دوسری بات موٹر پر سے ایک چٹ کسی حد تک نوچی ہوئی لگی ہے۔ اُس پر صرف اتنا لکھا ہے۔

بہترین خوا.......... اس سے یہ ظاہر ہوتا ہے کہ موٹر کسی نے تحفہ میں دی ہے اور وہ بھی کسی دوسرے شہر سے خرید کر۔"

یہ تم نے کیسے جانا؟"

"چٹ پر بہترین خوا.......... لکھا ہے جو یقیناً ...... 'بہترین خواہشات کے ساتھ' ہوگا۔ اس سے یہ پتہ چلتا ہے کہ کسی نے موٹر تحفہ میں دی ہے۔ اور دوسری بات یہ ہے کہ رمیش اینڈ کو نے صرف دو موٹریں منگائی تھیں۔ ایک اسلم نے خرید لی اور دوسری لالہ دین دیال کے لڑکے نے۔ اور دونوں موٹریں موجود ہیں، اس لئے یہ موٹر یقیناً دوسرے شہر سے خریدی گئی ہے۔ اس کے علاوہ......" اختر ادھ کھلی آنکھوں سے باہر دیکھتا ہوا بولا "ٹریڈ مارک کا فرق بھی ظاہر کرتا ہے کہ موٹر رمیش اینڈ کو کے ہاں سے نہیں خریدی گئی۔ اور یہاں کھلونوں کی صرف ایک ہی دوکان ہے جس میں موٹر اس کمپنی سے منگائی جاتی ہیں جس کا ٹریڈ مارک B.C. ہے"۔

"بہت خوب !!" جاوید بھائی خوش ہوتے ہوئے بولے۔ "تمہارا خیال بالکل صحیح ہے۔" اختر کے ہونٹوں پر فاتحانہ مسکراہٹ ناچ اٹھی۔

"لیکن اختر!" جاوید بھائی اچانک بولے "یہ بھی ممکن ہے کہ جمیل کے کسی رشتہ دار نے بھیجی ہو۔"

"تو پھر جمیل کو جھوٹ بولنے کی کیا ضرورت تھی؟"

"یعنی تمہارا خیال ہے کہ موٹر جمیل کی نہیں بلکہ حمید کی ہے۔"

"اس کا بھی کوئی رشتہ دار ایسا نہیں جو اسے اتنی قیمتی موٹر لا کر دے۔"

"اس کے معنی یہ ہیں کہ موٹر کسی دوسرے کی ہے۔"

"جی ہاں میرا تو یہی خیال ہے۔"

"اب تم نے کیا سوچا ہے۔"

"ان لوگوں کو ٹٹولا جنھوں نے رمیش اینڈ کو کے یہاں آڈر بک کرائے ہیں۔"

"لیکن یہ تو کوئی ضروری نہیں کہ جس کی موٹر غائب ہوئی ہو وہ پھر سے موٹر کے لئے آرڈر دے۔" جاوید بھائی بولے۔

"کوئی ضروری نہیں۔" اختر نے کہا۔ "لیکن معلومات تو بہم پہنچانی ہی ہے اس لئے شروعات اُن ہی سے کیوں نہ کروں۔"

شام کا وقت تھا، اختر نے رمیش اینڈکو کی پہلی سیڑھی پر قدم رکھا کہ ایک خوبصورت سی کار دھچکے کے ساتھ رُکی، ۶۔۷ سال کی ایک چھوٹی سی لڑکی اپنے والد کے ساتھ دوکان میں داخل ہوئی۔ اختر ان سے کچھ فاصلے پر تھا۔ دوکان دار آگے بڑھا۔

"موٹر آگئی؟" لڑکی نے پوچھا۔

"نہیں سرکار ابھی نہیں آئی بس دو ایک روز میں آئے گی۔"

✸✸✸✸✸✸✸✸✸✸✸✸✸✸✸✸✸✸✸✸✸✸✸✸✸✸✸✸✸✸✸✸✸

"کبھی نہیں آئے گی"۔ لڑکی روٹھ سی گئی۔ "ڈیڈی یہ لوگ ہمیشہ ٹالتے رہیں گے۔"

"اچھا بیٹی ہم کلکتہ سے لا دیں گے۔" دونوں پھر کار میں بیٹھ گئے۔ اختر بھی باہر آیا۔ کار جھٹکے سے آگے بڑھ گئی۔ اختر اپنے ذہن پر زور دینے لگا "بی...... آر...... اُنیس...... سو...... دو...... اوہ یاد آیا۔"

شہر کے مشہور نواب کی کار کا نمبر تھا۔ وہ جلد سے جلد نواب کے گھر پہنچنا چاہتا تھا۔ اس کے قدم تیزی اُٹھ رہے تھے۔

"اوہو، بہت جلدی میں ہو" اختر کسی سے ٹکرا گیا۔

"ارے اسلم، بھئی معاف کرنا بہت ضروری کام ہے۔" اختر آگے بڑھ گیا، اچانک اس کے ذہن نے پلٹا کھایا۔ "ہٹاؤ یار ان کاموں کو۔ چلو کہاں چلتے ہو۔" اختر لوٹ آیا۔

لیگ میچ آج سے شروع ہوا ہے وہی دیکھنے چلیں۔" اسلم اختر کو دیکھتا ہوا بولا۔ "کونسی ٹیم آج کھیلے گی"۔

"باٹا اور پولس۔"

"دونوں تگڑی ہیں" اختر نے مسکراتے ہوئے کہا۔

"ارے ہاں مجھے تم سے کچھ کہنا ہے۔" اختر نے سلیم کو دیکھتے ہوئے کہا۔

✸✸✸✸✸✸✸✸✸✸✸✸✸✸✸✸✸✸✸✸✸✸✸✸✸✸✸✸✸✸✸✸✸

"کیا؟" اسلم کے لہجہ میں لاپرواہی تھی۔
صرف کل کے لئے اپنی موٹر دے سکتے ہو۔"
"لے لینا۔"

دوسرے دن صبح اختر نواب صاحب کے باغ کا چکر کاٹ رہا تھا۔ اُس کے ہاتھ میں اسلم کی موٹر تھی۔ نواب صاحب کی لڑکی باغ میں تتلیوں کے پیچھے دوڑ رہی تھی۔ اختر نے موٹر میں چابی بھر کر باغ کی طرف اچھال دی، موٹر تیزی سے روش پر دوڑنے لگی۔ لڑکی نے دوڑ کر اُسے اٹھالیا۔ اختر بھی چہار دیواری پھاند کر لڑکی کے سامنے پہنچ گیا۔

"موٹر دے دیجئے میری۔" اختر نے ہاتھ آگے بڑھا کر ہانپتا ہوا بولا۔

"کیوں دیدوں؟" لڑکی نے بڑی معصومیت سے کہا۔

"جی۔۔۔۔جی۔۔۔اس لئے کہ میری ہے یہ۔" اختر نے گڑ بڑا کر جواب دیا۔

"لیجئے۔" لڑکی نے موٹر آگے بڑھادی۔

"آپ کو پسند ہے؟" اختر نے موٹر لیتے ہوئے پوچھا۔

"جی ہاں، بے حد پسند" لڑکی بولی۔ "میرے پاس ایک تھی لیکن میں نے......"

"حمید کو دے دی" اختر نے جملہ پورا کر دیا۔

"جی ہاں......جی نہیں۔ میں نے اُسے کھو دیا" لڑکی نے گڑ بڑا گئی۔

" وہ موٹر شاید آپ کو سالگرہ میں ملی تھی؟" اختر نے پوچھا۔

"جی ہاں میرے چچا نے کلکتہ سے بھیجی تھی۔" لڑکی حیرت سے بولی۔ "لیکن آپ کیسے جانتے ہیں؟"

"بس یوں ہی" اختر جانے کے لئے مڑا۔

"پھر آپ آئیں گے، میں اپنے سارے کھلونے دکھاؤں گی۔" لڑکی نے ایک ہی سانس میں کہا۔

"آؤں گا" اختر نے مختصر جواب دیا۔

"آپ کا نام کیا ہے؟"

"اختر شاہد"

"میرا نام طلعت ہے۔" لڑکی بولی۔ "آپ کہاں رہتے ہیں؟"

"اپنے مکان میں" اختر نے بڑے بھولے پن سے جواب دیا۔

"جی میرا مطلب ہے کس جگہ۔"

"ٹیگور روڈ" اختر نے کہا۔ "اچھا تو میں جاتا ہوں، شام کو ضرور آؤں گا۔"

اختر جلدی سے چل پڑا اس لئے کہ ابھی اسے اسکول بھی جانا تھا۔

جغرافیہ کا گھنٹہ تھا۔ ماسٹر صاحب نے پوری کلاس پر نظر دوڑائی۔ حمید خاموش تھا۔ جمیل کے ہونٹوں پر مسکراہٹ تھی۔ ماسٹر صاحب بھی معنی خیز انداز میں مسکرا رہے تھے۔ اختر نے ماسٹر صاحب کو سب باتیں بتا دی تھیں۔

"حمید جمیل تم دونوں یہاں آؤ" ماسٹر صاحب نے پکارا۔ حمید کانپ اُٹھا۔

"میں سب کچھ جان چکا ہوں" ماسٹر صاحب کہہ رہے تھے۔ "حمید اب سچ سچ

سب واقعہ بتادو۔"

حمید نے سر اُٹھا کر جمیل کی طرف دیکھا، جمیل سر جھکائے کانپ رہا تھا۔ اُس کی آنکھوں میں آنسو تھے۔

حمید کہنے لگا۔ "طلعت اور مجھ میں گہری دوستی ہے۔ ایک دن شام کو میں طلعت کے گھر گیا، اس کے ہاتھ میں موٹر تھی۔ میں نے موٹر کی بڑی تعریف کی۔ طلعت نے زبردستی مجھے موٹر دے دی حالانکہ میں برابر انکار کرتا رہا، اس نے مجھ سے وعدہ لیا کہ اس بات کو کسی سے نہ کہوں گا۔ اُس نے کہا میں اپنی ڈیڈی سے کہہ دونگی کہ موٹر کھوگئی ہے اور میں دوسری منگوالوں گی۔ چونکہ جمیل میرا جگری دوست ہے اس لئے میں نے اُسے سب کچھ بتادیا۔ دوسرے ہی دن جمیل نے مجھ سے موٹر چھین لی اور ڈرایا کہ اگر کچھ بولوں گا تو وہ طلعت سے کہہ دے گا کہ حمید نے سب کو یہ بات بتادی ہے۔ میں نہیں چاہتا کہ طلعت کا دل ٹوٹے اس لئے خاموش رہا لیکن اس دن نہ جانے مجھے کیا ہو گیا تھا کہ میں جمیل سے جھگڑ پڑا۔ حمید خاموش ہو گیا۔ جمیل کی آنکھوں میں آنسو تھے۔ اختر چاہتا تھا کہ اُڑ کر جاوید بھائی کے پاس پہنچ جائے اور سب باتیں انہیں سنائے تاکہ اس کی پیٹھ ٹھونکی جائے۔

جادو کا کھلونا

پرانے زمانے کا ذکر ہے کہ ملک شام میں ایک بادشاہ حکومت کرتا تھا۔ اس کا نام شاہ زماں تھا۔ شاہ زماں بہت رحم دل اور انصاف پسند بادشاہ تھا۔ دور دور کے لوگ شاہ زماں کے ہاں مہمان رہتے اور شاہ زماں بھی ہر مہمان کی بڑی خاطر و مدارت کرتا تھا یہی وجہ تھی کہ وہ تمام دنیا میں مشہور تھا۔

شاہ زماں نے اپنے زمانے میں بہت سے اسکول بنوائے تاکہ لوگ علم حاصل کرسکیں۔ بہت سے ہسپتال کھولے جہاں بیماروں کا مفت علاج ہوتا، جگہ جگہ کنویں کھدوائے، سرائیں بنوائیں۔ غرض بہت سے کام رفاہِ عام کے کیے۔ بس اسی لئے اس زمانے کو ملک شام کی تاریخ میں سنہرا زمانہ کہتے ہیں۔

سنہرا زمانہ ! ارے بھئی ہمارے ملک میں بھی تو چندر گپت وکرمادتیہ اور شاہجہاں کے زمانے کو ہندوستان کی تاریخ کا سنہرا زمانہ کہتے ہیں نا۔ جب ملک میں لڑائی جھگڑے نہیں ہوتے، بیکاری بے روزگاری نہیں ہوتی، لوگ خوشحال ہوتے ہیں، ملک میں امن وامان ہوتا ہے، صنعت و حرفت کی ترقی ہوتی ہے تو وہی زمانہ سنہرا زمانہ کہلاتا ہے۔

ہاں' تو میں کہہ رہا تھا کہ شاہ زماں کی شہرت دنیا میں دور دور تک پھیلی ہوئی تھی۔ رعایا شاہ زماں پر جان چھڑکتی تھی اور ہر کوئی اس کا حکم بجالانے کے لئے تیار رہتا۔

شاہ زماں کا ایک بیٹا بھی تھا' شہریار! شہزادہ شہریار بھی اپنے باپ کی طرح بہت نیک 'رحم دل اور بہادر تھا اور لوگ اپنے شاہ کے ساتھ ساتھ شہزادے کو بھی پسند کرتے تھے۔ رعایا کو امید تھی شہریار، شاہ زماں کے بعد بہت اچھا بادشاہ ثابت ہو گا۔

ہاں' تو خدا کا کرنا ایسا ہوا کہ ایک روز بادشاہ کی طبیعت کچھ خراب ہو گئی اور بیماری دن بدن بڑھتی گئی۔ شاہی طبیبوں نے بہت علاج معالجہ کیا۔ دور دور سے حکیم اور ڈاکٹر بلائے گئے، لیکن وہ بھی شاہ زماں کو اچھا نہ کر سکے۔ ہر کس و ناکس شاہ کی زندگی سے مایوس ہو گیا۔

بڑے بڑے حکیم و طبیب علاج کر کے ہار گئے اور انہوں نے کہہ دیا کہ اب شاہ کو تو کوئی معجزہ ہی بچا سکتا ہے۔ ایک دن ایک فقیر کا وہاں سے گذر ہوا۔ فقیر نے بھی شہزادے کی خواہش پر شاہ کو آن کر دیکھا اور کہا۔ ''شہزادے! اگر تم اپنے باپ کی زندگی چاہتے ہو تو تمہیں ایک کام کرنا ہو گا''۔

شہزادے نے کہا۔ ''اگر ابا جان کی زندگی کے لئے میری جان بھی کام آئے تو

اسے بھی کم کہوں گا۔"

فقیر نے کہا۔"تو فوراً مشرق کی طرف روانہ ہو جاؤ۔ تین روز کے سفر کے بعد ایک دریا آئے گا۔ اس دریا کے کنارے ایک جھونپڑی ملے گی۔ تم اس جھونپڑی میں بے دھڑک داخل ہو جانا۔ تمہارے اندر داخل ہوتے ہی جھونپڑی کا دروازہ بند ہو جائے گا اور تم کو ایسا معلوم ہو گا کہ جیسے کوئی تمہارے سینہ پر خنجر رکھے کھڑا ہے اور تمہارے چاروں طرف خوفناک بھوت کھڑے ہیں اور وہ تم کو طرح طرح سے ڈرانے کی کوشش کر رہے ہیں۔ لیکن تم ڈرنا نہیں بلکہ تلوار نکال کر ہوا میں گھما دینا۔ تلوار کے گھماتے ہی جھونپڑی میں اجالا ہو جائے گا اور تم کو سامنے ایک چارپائی پر ایک خوفناک شخص لیٹا نظر آئے گا اس کے پاس ایک جادو کا کھلونا ہے جو ہر شکل میں تبدیل ہو سکتا ہے۔ تم اسے اس سے مانگ لاؤ۔ پھر میں بادشاہ کو اچھا کر دوں گا۔"

شہزادے سنتے ہی اٹھ کھڑا ہوا۔ فقیر نے کہا بھی کہ آج نہیں کل چلے جانا مگر شہزادہ شہریار نہ مانا۔ اس نے کہا"آج کا کام پر کل پر کیو چھوڑوں جتنی جلدی میرے ابا اچھے ہو جائیں، اتنا ہی اچھا ہے۔"

فقیر نے جب شہزادے کی یہ ہمت دیکھی تو بہت تعریف کیا اور کہا۔ "شہزادے! میں تو تم کو آزما رہا تھا، تمہاری ہمت دیکھ کر مجھ کو یقین ہو گیا ہے کہ تم

اپنی کوشش میں ضرور کامیاب ہوگے۔"

شہزادے نے اسی وقت گھوڑے پر زین کسی اور اپنے سفر پر روانہ ہو گیا۔ راستے کی مصیبتیں جھیلتا، بھوکا پیاسا آخر تین روز کے بعد وہ دریا کے کنارے پہنچ ہی گیا۔ گھوڑے کو ایک درخت سے باندھ کر جھونپڑی کو تلاش کرنے لگا۔

جب اسے جھونپڑی مل گئی تو شہزادہ ڈرتے ڈرتے جھونپڑی میں داخل ہوا۔ اس کے اندر داخل ہوتے ہی جھونپڑی کا دروازہ ایک زوردار آواز کے ساتھ بند ہو گیا اور اندھیرے میں چاروں طرف طرح طرح کی خوفناک شکلیں نظر آنے لگیں اور ایسا معلوم ہوا کہ جسے کسی نے اس کے سینے پر خنجر رکھدیا ہو اور اسے قتل کرنا چاہتا ہو۔ یہ دیکھ کر ایک مرتبہ تو شہزادہ بھی ڈر گیا۔ اس نے بھاگنے کا ارادہ کیا ہی تھا کہ اسے فقیر کی باتیں یاد آگئیں۔ شہزادے نے فوراً میان سے تلوار نکالی اور ہوا میں گھمانے لگا۔ ایسا کرتے ہی اندھیرا فوراً دور ہو گیا اور ڈراؤنی شکلیں غائب ہو گئیں۔

اب شہزادے نے جھونپڑی میں چاروں طرف نگاہ ڈالی۔ اس نے دیکھا کہ سامنے چارپائی پر ایک بھیانک شکل کا بڈھا آدمی لیٹا ہوا ہے۔ شہزادے کو اس کی خوفناک شکل دیکھ کر ڈر سا لگنے لگا لیکن اس نے ہمت سے کام لیا۔ بوڑھے نے شہزادے کو دیکھ کر ایک زوردار قہقہہ لگایا اور کہا۔

"او لڑکے! کیا تجھ کو اپنی زندگی پیاری نہیں، جو تو یہاں آیا ہے؟"

شہریار نے نرم لہجہ میں جواب دیا۔ "بابا مجھ کو اپنی زندگی سے زیادہ اپنے باپ کی زندگی پیاری ہے اس لئے میرے حال پر رحم کرتے ہوئے مجھ کو تم وہ جادو کا کھلونا دے دو جو ہر شکل میں تبدیل ہو سکتا ہے۔ تمہارا یہ احسان میں عمر بھر نہیں بھولوں گا۔"

بوڑھے کہا "تم کو جادو کا کھلونا اس وقت تک نہیں مل سکتا جب تک تم مجھ کو اس کے بدلے جادوئی چراغ نہ لا کر دو' جو کہ ایک دیو کے قبضہ میں ہے۔"

شہزادے نے پوچھا۔ "بابا وہ دیو کہاں رہتا ہے؟"

بوڑھے نے بتایا۔ "اسی دریا کے نیچے اس دیو کا محل ہے۔ محل میں جو دیو کا سونے کا کمرہ ہے، اس میں ایک طاق ہے، اسی طاق میں وہ چراغ جل رہا ہے۔ ہر وقت دو دیو اس کی حفاظت کرتے رہتے ہیں۔"

"تو پھر میں اسے کیسے لا سکتا ہوں؟" شہزادے نے پوچھا۔

"میں تم کو جادو کا پھول دیتا ہوں۔ تم یہ پھول ان کے کمرے میں داخل ہونے سے پہلے اندر ڈال دینا۔ اس کی خوشبو کے اثر سے وہ دیو بے ہوش ہو جائیں گے، بس پھر تم اندر داخل ہو کر چراغ اُٹھا لانا۔" بڈھے نے جواب دیا۔

شہزادے نے پھر پوچھا۔ "لیکن دریا میں سے ہو کر دیو کے محل تک کیسے

پہنچوں گا۔ کیا میں ڈوب نہ جاؤں گا؟''

بوڑھا مسکرایا اور پھر اس نے کہا۔ ''نہیں تم ڈوبو گے نہیں۔ بے دھڑک دریا میں کود جاؤ۔ دیو کے محل میں پہنچ جاؤ گے۔''

شہزادہ ڈرتے ڈرتے دریا میں کود گیا مگر بجائے ڈوبنے اور بیہوش ہونے کے وہ بڑی آسانی دریا کی تہ میں جا پہنچا وہاں اُس نے ایک بہت ہی خوبصورت محل دیکھا جو ہیرے اور موتیوں سے سجا ہوا تھا جن کی چمک دمک دیکھ کر شہزادے کی آنکھیں چکا چوند ہو گئیں۔

شہزادہ بے دھڑک محل کے اندر چلا گیا، محل میں جگہ جگہ پھول کھلے ہوئے تھے، سامنے ایک دروازہ تھا جو باغ کی طرف کھلتا تھا، دائیں ہاتھ پر چار کمرے تھے۔ شہزادہ پہلے کمرے میں داخل ہوا تو اس نے دیکھا طرح طرح کے لذیذ کھانے میز پر چنے ہوئے ہیں۔ شہزادہ بھوکا تو تھا ہی، اسلئے اس نے فوراً ہی کھانا شروع کر دیا۔ خوب پیٹ بھر کر کھانا کھایا اور پانی پی کر دوسرے کمرے میں گیا۔ اس نے دیکھا کہ قیمتی سے قیمتی موتی اور ہیرے جواہرات وہاں بکھرے پڑے ہیں۔ اس نے وہاں سے چند ہیرے جواہرات اٹھا کر جیب میں رکھے۔ اس کے بعد وہ تیسرے کمرے میں داخل ہوا۔ دیکھا کہ سامنے ایک مسہری بچھی ہے اور اس پر کوئی چادر اوڑھے سو رہا ہے۔ شہزادے پہلے تو ڈرا اور اس نے سوچا کہ کہیں کوئی

دیو نہ سو رہا ہو۔ لیکن وہ ہمت کر کے آگے بڑھا اور اُس نے ایک جھٹکے سے چادر الٹ دی، جیسے بدلی میں سے چاند نکل آتا ہے ایسا ہی واقعہ یہاں پیش آیا۔ چادر ہٹنے کی دیر تھی کہ چاند سی شہزادی سوتے ہوئے اٹھ بیٹھی اور حیرت سے شہزادے کو دیکھنے لگی۔

شہزداہ نے پوچھا: ''تم کون ہو؟ کیا دیو کی بیٹی ہو؟''

شہزادی نے جواب دیا۔ ''نہیں، میں دیو کی بیٹی نہیں ہوں بلکہ ملک ہندوستان کی شہزادی ہوں مجھ کو یہ دیو جادوئی چراغ کے ذریعہ قید کر لایا ہے اور......''

''جادوئی چراغ ہی لینے تو میں یہاں آیا ہوں''۔ شہزادے نے جلدی سے بات کاٹ کر کہا۔

''لیکن تم کون ہو اور اسے کس طرح حاصل کرو گے''۔ شہزادی نے پوچھا۔

''میں ملک شام کا شہزادہ شہریار ہوں''۔ شہزادے نے جواب دیا اور شروع سے آخر تک سارا واقعہ شہزادی کو بتا ڈالا اور پھر کہا۔ ''اچھا تم یہیں ٹھہرو' میں ابھی جادوئی چراغ لے کر آتا ہوں، برابر والا دیو کے سونے کا کمرہ ہے نا؟''

''ہاں'' شہزادی نے جواب دیا۔

شہزادہ آہستہ آہستہ برابر والے کمرے کے پاس پہنچا اور ذرا سا دروازہ کھول کر بوڑھے کا دیا ہوا جادو کا پھول کمرے میں پھینک دیا۔ دو منٹ بعد دھائیں دھائیں

کچھ گرنے کی آواز آئی۔ شہزادہ بے دھڑک کمرے میں داخل ہو گیا۔ اس نے دیکھا کہ پہرے دار گر کر بیہوش ہو چکے ہیں اور چراغ طاق میں جل رہا ہے۔ وہ تیزی سے طاق کے پاس پہنچا وار چراغ بجھا کر جیب میں ڈال لیا اور پھر لوٹ کر شہزادی کے پاس آیا۔

"اب خشکی پر کس طرح پہنچا جائے"۔ شہریار نے شہزادی سے پوچھا۔

"ارے واہ! یہ تو بہت آسان کام ہے" شہزادی نے مسکرا کر کہا۔" جادوئی چراغ جو تم دیو کمرے سے لائے ہو اُسے نکال کر ہاتھ میں لے لو اور اور میرا ہاتھ پکڑ کر چراغ سے کہو "چل خشکی پر" یہ فوراً تم کو خشکی پر پہنچادے گا۔ شہزادے نے ایسا ہی کیا، اور اس طرح شہزادہ اور شہزادی خشکی پر پہنچ گئے۔ چراغ لے کر شہزادہ بوڑھے کے پاس پہنچا۔ چراغ دیکھ کر بوڑھا بہت خوش ہوا اور اس نے شہزادے کو بہت شاباشی دی، اور اس کی بہادری سے خوش ہو کر نہ صرف جادو کا کھلونا بلکہ جادوئی چراغ بھی دیدیا اور کہا۔

"اس چراغ کے ذریعہ فوراً اپنی حکومت میں پہنچ جاؤ۔ تمہارے والد کی حالت بہت خراب ہے۔"

شہزادے نے بوڑھے کا بہت شکریہ ادا کیا اور فوراً شہزادی سمیت چراغ کے ذریعہ اپنی حکومت میں جا پہنچا۔

دیکھا تو واقعی شاہ زماں کی حالت بہت خراب تھی فقیر اس کے قریب ہی بیٹھا تھا۔ شہزادے کو دیکھ کر وہ بہت خوش ہوا۔ شہزادے نے لپک کر جادو کا کھلونا اس کے ہاتھ میں دیدیا۔

فقیر نے کھلونا ہاتھ میں لے کر کوئی دعا پڑھی اور اسے لے کر سات مرتبہ بادشاہ کہ پلنگ کے گرد پھرا۔ ہر پھیرے پر بادشاہ کی حالت سنبھلنے لگی اور ساتویں پھیرے پر بادشاہ بالکل اچھا ہو کر بیٹھ گیا اور کھلونا ایک چڑیا میں تبدیل ہو کر اڑ گیا۔

شاہ زماں کے اچھے ہونے کا جشن بڑی دھوم دھام سے منایا گیا جس میں شاہ زماں نے شہزادے شہریار کو بادشاہ بنایا اور ہندستان کی شہزادی کے ساتھ اس کی شادی کر دی اور دونوں ہنسی خوشی زندگی گذارنے لگے۔

باز بہادر

آج سے کئی سو برس پیشتر ہندوستان کے جنوب کی طرف ایک ریاست پر ایک راجہ حکومت کرتا تھا۔ایک مرتبہ چند ملاح اس کے دربار میں گرفتار کرکے لائے گئے، ان کے خلاف یہ الزام تھا کہ وہ راجہ کی حکومت میں بغیر اجازت داخل ہوئے ہیں۔راجہ الف لیلہ کے خلیفہ ہارون الرشید کی طرح نئی نئی کہانیاں سننے کا بہت شوقین تھا۔اس لئے اس نے ملاحوں سے کہا اگر وہ اس کو کوئی دلچسپ کہانی سنائیں تو ان کو رہائی مل سکتی ہے ورنہ نہیں۔

جب جان بچنے کی کوئی صورت نظر نہ آئی تو ان میں ایک بوڑھے ملاح نے آگے بڑھ کر کہا:

"مہاراج اگر جان کی امان پاؤں تو اپنی آپ بیتی سناؤں، کیونکہ جھوٹی کہانیاں مجھ کو یاد نہیں ہیں۔"

اور مہاراج نے اجازت دے دی۔

"میرا نام باز بہادر ہے۔میرے والد ایک سوداگر تھے۔مجھ سے بڑے دو بھائی تھے جو تجارت میں والد کا ہاتھ بٹاتے تھے لیکن بچپن ہی سے مجھ پر یہ جنون سوار تھا کہ میں سمندر کا سفر کروں..... لیکن میرے والد مجھ کو ہمیشہ سمندر کے سفر کی

تکالیف اور مصائب بتا کر مجھ سے کہتے کہ میں اس خیال کو دل سے نکال دوں۔ اُن کی آرزو تھی کہ میں پڑھ لکھ کر عالم بنوں اور نام کماؤں، لیکن قسمت کے لکھے کو کون بدل سکتا ہے! مجھے تو ملاح بننا تھا۔

میری عمر ابھی سولہ ہی برس کی تھی کہ میرا ایک دوست نے مجھ کو اپنے والد کا جہاز دیکھنے کی دعوت دی، میں دوسرے روز اسکا جہاز دیکھنے کے لئے بندرگاہ پر گیا اس وقت جہاز روانہ ہونے کے لئے لنگر اٹھائے کھڑا تھا۔ اچانک میرے دل میں آئی کہ اگر میں اسی وقت اپنے دوست کے جہاز پر سوار ہو کر کہیں چلا جاؤں تو ......؟ اور میں نے یہی کیا...... جہاز پر سوار ہو گیا۔ کچھ دیر بعد جہاز روانہ ہو گیا۔

ابھی جہاز زیادہ دور نہیں گیا ہو گا کہ ہوائیں خوب زور سے چلنے لگیں اور چونکہ میں نے کبھی سمندر کا سفر بھی نہیں کیا تھا اس لئے میری طبیعت خراب ہو گئی۔ اسی اثناء میں طوفان بڑھتا گیا مگر اتنا نہیں جتنا میرا خیال تھا...... دوسرے روز ہوا بند ہو گئی اور مطلع صاف ہو گیا۔ لیکن میری طبیعت ست رہی، کیونکہ متلی بار بار آرہی تھی۔ مگر آہستہ آہستہ میں سمندر کے سفر کا عادی ہو گیا اور میری طبیعت بالکل ٹھیک ہو گئی۔

سات روز تک مطلع بالکل صاف رہا مگر آٹھویں روز ہوا میں غیر معمولی تیزی پیدا ہوئی اور شام ہوتے ہوتے سمندر میں طوفان عظیم برپا ہو گیا۔ لوگوں کو اپنی

اپنی جان کی پڑ گئی۔ ہمارا جہاز گو بہت مضبوط تھا مگر تجارت کے مال سے اس قدر بھرا ہوا تھا کہ ہر وقت اس کے ڈوبنے کے خطرہ تھا۔ ہر کوئی جان و مال بچنے کی خدا سے دعا مانگ رہا تھا۔

بد قسمتی سے جہاز کے پیندے میں سوراخ ہو گیا اور کئی فٹ پانی جہاز کے اندر آگیا۔ جہاز کے سب لوگ پانی نکالنے میں مشغول ہو گئے۔ میں بھی پانی نکالنے والوں شامل ہو گیا، لیکن پانی تھا بجائے کم ہونے کے بڑھتا ہی جارہا تھا۔ جہاز کے کپتان نے توپیں چھوڑیں...... آخر ایک جھوٹے سے جہاز سے ایک کشتی ہم لوگوں کے لئے آئی...... ہم بہت مشکل سے اس میں سوار ہو کر کنارے کی طرف روانہ ہوئے۔ کچھ دیر کے بعد ہی ہم کنارے پر پہنچ گئے اور دوسری طرف وہ جہاز ڈوب گیا۔

اب بھی وقت تھا کہ میں گھر جا کر اپنے ماں باپ سے معافی مانگ لیتا اور آرام سے زندگی گذارتا لیکن مجھ پر بد بختی سوار تھی ...... بجائے گھر جانے کے ایک دوسرے شخص کے کہنے پر افریقہ کے سفر کے لئے تیار ہو گیا۔ گھر سے کچھ روپیہ بھی منگایا جو میری ماں نے فوراً بھیج دیا۔ اس روپے سے میں نے تجارت کا کچھ سامان خریدا اور اس شخص کے ساتھ سفر پر روانہ ہو گیا۔ اس سفر میں مجھ کو مالی فائدہ ہوا اس وجہ سے میری حرص بڑھ گئی اور میں سمندر کے سفر کا اور

شوقین ہو گیا۔

کیونکہ مجھے مالی فائدہ افریقہ کے سفر میں ہوا تھا اسلئے مجھ کو وہاں کی تجارت کا چسکہ پڑ گیا۔ مگر میرا دوست کپتان واپس آتے ہی مر گیا اور اس کی جگہ نائب کپتان، کپتان ہو گیا.......... میں اس کے ساتھ افریقہ کے سفر پر پھر روانہ ہوا۔ اب میرے ساتھ کافی تجارتی سامان تھا۔ لیکن اس مرتبہ مجھ کو مالی نقصان بہت ہوا۔ ہوا یہ کہ راستے میں بحری ڈاکوؤں نے ہمارے جہاز پر حملہ کر دیا اگرچہ ہم نے ڈٹ کر مقابلہ کیا لیکن جیت انہیں کی ہوئی۔ انہوں نے ہمیں گرفتار کر لیا۔ بحری ڈاکوؤں کے سردار نے مجھ کو اپنا غلام بنا لیا۔ سوداگر سے ایک دم غلام بن جانے پر گو مجھ کو بہت دکھ ہوا لیکن کر کیا سکتا تھا مجبور تھا۔

میں موقع کی تلاش میں رہا ایک روز موقع ملتے ہی بھاگ کھڑا ہوا..... کشتی میں سوار ہو کر ایک طرف رخ کیا، ہوا موافق تھی مطلع صاف تھا، اس لئے چوبیس گھنٹوں میں ہی میں تقریباً ڈیڑھ سو میل نکل گیا۔ میرے ساتھ ایک اور لڑکا زوری بھی تھا۔ چھٹے روز ایک جزیرہ میں قیام کیا جہاں ہم نے ایک شیر کا بھی شکار کیا۔

اس کے بعد بیس روز تک جنوب کی طرف سفر کرتے رہے۔ اکیسویں روز ایک جگہ آبادی نظر آئی مگر وہ حبشیوں کی تھی ...... اس لئے ہم نے ان سے اشارے سے کھانے کو مانگا تو انہوں نے ہم کو کچھ غلہ اور گھڑوں میں پانی بھر دیا

اور ہم پھر اپنے سفر پر آگے روانہ ہو گئے۔ راستہ میں ایک جہاز مل گیا اور ہم اس پر سوار ہو گئے...... جہاز کا کپتان بہت مہربانی سے پیش آیا۔ اس نے مالی امداد بھی دی اور میں پھر کافی امیر آدمی ہو گیا۔ راستہ میں ایک جگہ اتر کر گنّے کا کاروبار شروع کیا، زمین وغیر خریدی اور ملازم رکھے۔ سب ہی کچھ کیا۔ اس میں بھی دل نہ لگا، اس لئے ایک مرتبہ پھر کچھ تجارت کا سامان لے کر ایک لمبے سفر پر روانہ ہوا۔

ارادہ چونکہ افریقہ جانے کا تھا اسلئے شمال کی طرف روانہ ہوئے۔ گیارہ روز تک کوئی تکلیف نہ ہوئی لیکن بارہویں روز جنوب کی طرف سے ایک زبردست طوفان اٹھا۔ خدا خدا کر کے اس مشکل سے چھٹکارا ملا تو مشرق کی طرف ایک زبردست طوفان اٹھا جو ہم کو مغرب کی طرف دھکیل کر لے گیا ......اور وہ اتنا بڑھا کہ اس نے ہمارے جہاز کو دھکیل دھکیل کر گیلی ریت میں دھنسادیا۔ جہاز کے لوگ سمندر میں کود گئے۔ میں نے بھی ان کا ساتھ دیا لیکن تیز لہروں نے مجھ کو اٹھا کر ایک غیر آباد جزیرے کے کنارے پر پھینک دیا۔

اسکے بعد جب مجھے ہوش آیا تو میں نے دیکھا کہ جہاز ریت میں دھنسا ہونے کے بجائے کنارے کے نزدیک کھلے سمندر میں تیر رہا ہے۔ میں اٹھ کر جہاز میں گیا۔ بھوک چونکہ زور کی لگی تھی، اس لئے بسکٹ وغیرہ نکال کر کھائے۔ پیٹ بھر جانے سے جسم میں کچھ چستی اور طاقت آگئی۔

اس بعد میں روزمرہ کی ضرورت کا سامان ایک کشتی کے ذریعہ کنارے پر لے آیا اور جگہ تلاش کر وہاں میں نے رہنے کا انتظام کرلیا۔ پھر میں ے خود ایک مضبوط چہار دیواری بنا کر ایک گھر بنالیا اس طرح کسی حملہ آور انسان یا حیوان کا خوف نہ رہا اور میں آرام سے رہنے لگا۔ لیکن در حقیقت میری حالت قابل رحم تھی کیونکہ ایک گم نام جزیرے میں اپنی زندگی کا باقی حصہ کاٹنے کا خیال بہت ڈراؤنا تھا مگر کیا کرتا مجبور تھا۔

مجھے اس جزیرے میں رہتے ہوئے جب کافی دن ہوگئے تو مجھ سے بہت سے جانور مانوس ہوگئے، جن میں ایک کتا، دو بلیاں اور ایک طوطا ہر وقت میرے ساتھ رہتے تھے شروع شروع میں تو میرا گزارہ شکار پر تھا لیکن کچھ عرصے کے بعد میں نے گندم وغیرہ بوئی اور اس طرح مجھ کو غلہ بھی ملنا شروع ہوگیا۔ اس جزیرہ میں کئی مرتبہ بیمار ہوا اور ایک مرتبہ تو اتنا سخت بیمار ہوا کہ بچنے کی کوئی امید نہ رہی۔ لیکن چونکہ سخت جان بہت تھا اس لئے لوٹ پیٹ کر اچھا ہو گیا۔

اس طرح مجھ کو اس جزیرے میں رہتے ہوئے گیارہ برس گذر گئے ......اس دوران میں مجھ پر کیا کیا مصیبتیں نازل ہوئیں، کیا تکلیفیں براشت کرنی پڑیں، ان کا خیال آتے ہی میں اب بھی کانپ جاتا ہوں......وہاں نہ کوئی آدم تھا نہ آدم زاد! وقت ضرورت پر کوئی ایک گلاس پانی پلانے والا بھی نہ تھا...... بس ایک میں تھا یا

خدا کی ذات اور جنگل کے جانور۔ خدا سے میں ہر وقت اچھے کی دعا مانگتا جس کی وجہ سے کم از کم دلی سکون ضرور مل جاتا تھا۔ میں نے اس جزیرے میں رہتے ہوئے مٹی کے برتن بنانا سیکھے، آٹا پیسنے کی چکی بنائی، چولھا بنایا، غرض کہ ہر وہ چیز بنائی جس کی روزمرہ کی زندگی میں ضرورت پڑتی تھی۔

اب میں جزیرے میں رہتے رہتے اکتا سا گیا تھا اور کسی نہ کسی طرح وہاں سے نکلنا چاہتا تھا۔ اس لئے میں نے درختوں سے لکڑیاں کاٹ کاٹ کر ایک کشتی بناڈالی مگر اس سے کوئی خاص فائدہ حاصل نہ کر سکا کیونکہ میں اس معمولی کشتی میں بیٹھ کر کھلے سمندر میں تو جا نہیں سکتا تھا۔ ہاں اتنا ضرور ہوا کہ اس کشتی کی مدد سے میں نے کنارے کنارے جا کر پورے جزیرے کے گرد ایک چکر لگالیا۔

میں اکثر سمندر کے کنارے پر جایا کرتا تھا تاکہ اگر کوئی آتا جاتا جہاز پر نظر پڑے تو اسے مدد کے لئے پکاروں...... لیکن کبھی کوئی جہاز نظر نہیں آیا۔ ایک روز جو میں سمندر کے کنارے گیا تو ایک نقش قدم نظر آیا، جسے دیکھ کر میں بالکل ہکا بکا رہ گیا۔ میں نے ادھر ادھر بہت دیکھا لیکن اس کے سوا کوئی اور نشان نظر نہیں آیا۔ آس پاس سمندر میں کوئی جہاز بھی نہ تھا۔ کہ کسی آدمی کی آمد کا پتہ چلتا۔ آج پہلی مرتبہ مجھ کو ڈر معلوم ہوا اور میں اتنا ڈرا کہ تیزی سے بھاگ کر اپنے جھونپڑے میں آیا، اب میں بہت بہت محتاط ہو کر اسی جزیرے میں رہنے لگا۔ مگر

اس کے بعد مجھے کوئی اور نقش قدم کسی اور جگہ نظر نہ آیا۔ لیکن اتنا ضرور معلوم ہو گیا کہ اس جزیرے میں وحشی اکثر آتے رہتے ہیں۔ لیکن وہ گھنے جنگل میں نہیں آتے بلکہ کنارے پر رہ کر اپنا کام کر لیتے ہیں۔

مجھے اس جزیرے میں رہتے رہتے تیئیس برس ہو گئے تھے، اور میں تنہائی کا ایسا عادی ہو گیا کہ وحشیوں کا خوف نہ ہوتا تو مزے سے ساری زندگی اس ویرانے میں گذار دیتا۔

ایک روز جب میں صبح اٹھا تو میں نے دیکھا کہ سمندر کے کنارے آگ جل رہی ہے۔ میں درختوں کے پیچھے چھپتا ہوا آگ کے قریب گیا تو دیکھا حبشی بیٹھے ہوئے کسی انسان کا گوشت بھون کر کھا رہے ہیں۔ وہ حبشی پانچ کشتوں پر سوار ہو کر آئے تھے، کھا پی کر وہ ان کشتیوں پر سوار ہو کر واپس چلے گئے۔

یہ لوگ اس جزیرے پر اکثر نہیں آتے تھے، اس دفعہ تو تقریباً پندرہ مہینے کے بعد آئے ہوئے تھے۔ برسات کے موسم میں تو آ ہی نہیں سکتے تھے، لیکن مجھ کو ہر وقت ان کا کھٹکا رہتا تھا۔ اسی طرح سولہ مہینے اور گذر گئے۔ ایک طوفانی رات کو ایسا معلوم ہوا کہ جیسے کوئی جہاز طوفان میں پھنس کر کسی چٹان سے ٹکرا گیا ہو اور واقعی یہ ٹھیک بھی تھا۔ جب صبح کو میں نے دیکھا تو ایک جہاز چٹان سے ٹکرا کر پاش پاش ہو گیا تھا۔ کنارے پر ایک ملاح کی لاش ملی۔ اس کی جیب سے دو اشرفیاں

ایک تمبا کو پینے کا پائپ ملا۔ جہاز کا جو حصہ ثابت رہ گیا تھا اس میں سے مجھ کو کھانے پینے کا سامان، تین چار جوڑی کپڑے اور دو جوڑی جوتے ملے۔ جن کو لے کر میں اپنے جھونپڑے میں چلا آیا۔

میں پھر پہلے کی طرح آرام کی زندگی بسر کرنے لگا مگر اب باہر بہت کم نکلتا۔ اور اگر کبھی نکلتا بھی تو صرف مشرقی کنارے کی طرف چلا جاتا تھا، جہاں وحشیوں کی آمد کا خوف نہ تھا۔ اس طرح ایک سال اور گذر گیا لیکن اب میں اس جزیرے میں رہتے رہتے اکتا گیا تھا اور کسی نہ کسی طرح یہاں سے نکلنا چاہتا تھا۔

ایک روز پانچ کشتیاں صبح کو جزیرے میں آئیں جن کی تعداد سے میں ڈر گیا۔ کیونکہ ہر کشتی میں پانچ چھ آدمی تھے۔ اکیلے اتنے آدمیوں پر حملہ کرنا بہت مشکل کام تھا۔ مگر پھر بھی میں مقابلہ کے لئے تیار رہا اور ایک پہاڑی پر چڑھ کر دوربین سے ان کو دیکھنے لگا۔ معلوم ہوا وہ تقریباً تیس وحشی ہیں جن کے ساتھ دو قیدی تھے۔ ایک کو تو انہوں نے مار ڈالا مگر دوسرا جوان شخص تھا، آزاد ہو کر جزیرے کے اندر کی طرف بھاگ ہوا۔ تین وحشیوں نے اس کا پیچھا کیا راستہ میں ایک بڑا نالہ تھا۔ اس شخص نے اس کو تیر کر پار کر لیا، اس کے پیچھے دو وحشی بھی نالے میں اتر گئے۔ تیسرے کو شاید تیرنا نہیں آتا تھا اس لئے وہ وہیں رک گیا۔ اس کا پیچھا کرنے والے وحشیوں میں سے ایک کو میں نے گولی سے مار دیا۔ دوسرے کو اس

شخص نے جس کا وہ پیچھا کر رہے تھے، تلوار سے قتل کر دیا۔

وہ شخص جو وحشیوں سے اپنی جان بچا کر بھاگا تھا ایک جنگلی تھا، وہ میرا بہت ممنون ہوا اور میں نے اس کو اپنا غلام بنا لیا کیونکہ وہ مجھ کو جمعہ کے روز ملا تھا اس لئے میں نے اس کا نام جمعہ رکھا۔

جمعہ گو خود بھی ایک وحشی تھا مگر میں نے اس کی انسان کا گوشت کھانے ں عادت چھڑا دی اور آہستہ آہستہ اپنی زبان سکھانی شروع کی۔ جمعہ سے میرا دل بہت خوش ہوتا تھا، کیونکہ وہ بہت ذہین تھا اور اسے کوئی لفظ دوبارہ بتانا نہیں پڑتا تھا۔ دوسرے اُسے سیکھنے کا بھی شوق تھا اس لئے وہ مہینوں کا کام دنوں میں کر رہا تھا۔

جمعہ کو میری بندق سے بہت ڈر لگتا تھا۔ اسی لئے وہ اسے ہاتھ نہیں لگاتا بلکہ میری غیر حاضری میں بندوق کے سامنے ہاتھ جوڑ کر بیٹھ جاتا اور نہ جانے کیا کیا دعا مانگا کرتا۔

جمعہ نے مجھ کو اپنی قوم اور جزیرے کے بارے میں بہت سی باتیں بتائیں۔ اس نے کہا "اسی جزیرے کے جنوب میں اور بہت سے جزائر ہیں جن میں وحشی قومیں رہتی ہیں اور ان میں اکثر لڑائیاں ہوتی رہتی ہیں اور ان لڑائیوں میں جو لوگ قید ہو جاتے ہیں، ان کو مار کر کھالیا جاتا ہے۔"

جب جمعہ میری زبان اچھی طرح سمجھنے لگا تو میں نے اسے اپنے زندگی کے سب حالات سنائے۔ میں نے اس کو بندوق چلانی بھی سکھادی، جس کو دیکھ کر پہلے وہ بہت ڈرتا تھا۔

ایک روز ہم دونوں پہاڑ کی چوٹی پر کھڑے ہوئے سمندر کی سیر دیکھ رہے تھے کہ جمعہ یکا یک چلانے اور اچھلنے کودنے لگا۔ جب میں نے اچھلنے کا سبب پوچھا تو اشارہ کرتے ہوئے کہا...... دیکھو وہ میرا ملک ہے۔ وہاں میری قوم رہتی ہے......"

ایک دن جنگلیوں نے نہ جانے کونسا تیوہار ہمارے جزیرے پر آکر منایا، ان سیکڑوں جنگلیوں کا شور ہمارے جھونپڑے تک سنائی دیتا تھا۔ ہم دونوں ڈر گئے اور بندوقیں ہاتھ میں لئے سارا دن جھونپڑے میں ہی چھپے رہے...... رات ہوتے ہی وہ جنگلی لوٹ گئے۔

میں نے جمعہ سے تو کچھ نہیں کہا لیکن دل ہی دل میں فکر مند رہنے لگا۔ اب اس جزیرے میں جنگلیوں کا آنا جانا بڑھ گیا تھا اور ڈر تھا کہ نہ جانے کب وہ اس جزیرے میں آکر آباد ہو جائیں اور ہمارا پتہ چلالیں۔

ایک مرتبہ وحشی کچھ جنگلیوں کو اور کچھ سفید آدمیوں کو کھانے کے لئے اس جزیرے میں آئے۔ قیدیوں میں جمعہ کا باپ بھی تھا۔ ہم لوگوں نے لڑ کر ایک ہسپانی اور جمعہ کے باپ کو آزاد کرالیا۔

وحشی ڈر کر بھاگ گئے۔ جمعہ کے باپ کی کوشش سے اس کی قوم کے جنگلی آآکر اس جزیرے پر آباد ہونے لگے۔ لیکن وہ سب مجھ کو اپنا آقا سمجھتے تھے اور ہر کام میری خوشی کے مطابق کرنے کی کوشش کرتے گویا میں انکا بادشاہ اور وہ میری رعایا تھے۔

اس طرح تین سال اور گذر گئے۔ گویا مجھ کو اس جزیرے میں رہتے ہوئے ستائیس سال ہوگئے تھے۔ ایک روز جب میں سو رہا تھا کہ جمعہ کا باپ دوڑا ہوا آیا اور اس نے مجھ کو جگا کر کہا...... "جہاز آگیا۔"

میں دوڑا ہوا کنارے پر پہنچا، واقعی کنارے سے ایک میل کی دوری پر ایک جہاز لنگر ڈالے کھڑا تھا۔ اور اس میں سے ایک کشتی کنارے کی طرف آرہی تھی جب وہ کنارے پر آئے تو معلوم ہوا کہ وہ تعداد میں گیارہ ہیں جن میں سے تین قیدی معلوم ہوتے تھے...... دو قیدیوں کو انہوں نے فوراً گولی مار دی اور تیسرے کو اس کے معافی مانگنے پر معاف کر دیا۔ اس کے بعد انہوں نے جہاز پر واپس جانے کا ارداہ کیا۔ وہ واپس جانا چاہتے تھے کہ میں اپنی جگہ سے نکل کر ان کے قریب پہنچ گیا۔ دشمن سمجھ کر انہوں نے اپنی بندوقیں کر لیں لیکن میرے "دوست" کہنے پر وہ رک گئے...... میں نے ان سے مل اپنی ساری کہانی سنائی جس کو انہوں نے بہت غور اور تعجب سے سنا کیونکہ میرا قصہ تو عجیب واقعات کا مجموعہ تھا۔

ان کی کشتی پر سوار ہو کر میں ان کی جہاز تک گیا۔ وہاں میری کہانی سن کر بڑی آؤ بھگت ہوئی جہاز کے سب ہی لوگوں کو رات کا کھانا میں نے اپنے جھونپڑے میں کھلایا۔ میرے یہاں کھانے کی کوئی کمی تھی نہیں...... کھانے کی سب نے تعریف کی اور سب میرے مداح ہو گئے۔

تنہائی کی اس زندگی سے اب میں بری طرح گھبر گیا تھا۔ اس لئے جہاز کے کپتان کے کہنے پر پورے پینتیس سال بعد اس جزیرے سے رخصت ہو کر وطن پہنچا تو بالکل اجنبی کی طرح جس کے نہ دوست تھے نہ آشنا، نہ عزیز واقارب۔ والدین کا انتقال ہو چکا تھا صرف دو بہنیں زندہ تھیں اور میرے بھائیوں کے دو بچے، چونکہ میں ایک زمانہ تک غائب رہا تھا اس لئے میرا حصہ اوروں میں تقسیم ہو چکا تھا، کوئی ذریعہ معاش نہیں تھا سوائے اس قلیل رقم کے جو میرے پاس تھی۔ میرا وفادار نوکر جمعہ اب بھی میرے ساتھ تھا۔ کچھ روز بعد معلوم ہوا کہ میرا پرانا دوست کپتان جس نے مجھ کو افریقہ کے ساحل پر پہنچایا تھا اب تک زندہ ہے۔ اس کی مدد سے میرے کاشت کاری کی زمین جو میرے اتنے دن غائب رہنے کی وجہ سے حکومت کے قبضہ میں چلی گئی تھی، واپس مل گئی...... اتنے سال میں جو کچھ آمدنی ہوئی تھی وہ بھی حکومت نے مجھ کو واپس کر دی اور اس طرح ایک مرتبہ پھر میں امیر سوداگر بن گیا۔

اس دوران میرے بہت سے دوست بھی بن گئے تھے۔ ایک روز میں اور میرے دوست جنگل کی سیر کو نکلے۔ جمعہ بھی ساتھ تھا۔ اچانک تین بھیڑیے اور ایک ریچھ گھنی جھاڑی میں سے نکلے، آگے آگے راہبر جارہا تھا۔ ان میں سے ایک نے تو اس کے گھوڑے پر حملہ کردیا۔ وہ اتنا گھبرا لیا کہ پستول چلانے کے بجائے، بچاؤ، بچاؤ چلانے لگا۔ خیریت ہوئی کہ جمعہ اس کے قریب تھا۔ وہ گھوڑا دوڑا کر گیا اور ایک بھیڑیے کو گولی ماردی اور دوسرے بھاگ گئے مگر ہمارا راہبر زخمی ہوگیا، اس خونخوار درندے نے دو جگہ اسے کاٹ کھایا تھا۔ جمعہ کے پستول کی آواز پہاڑوں میں گونج اٹھی، ہم لوگ بھی قریب پہنچ گئے اور سب جمعہ کی بہادری کی تعریف کرنے لگے۔

خیر بھیڑیے تو بھاگ گئے مگر ریچھ صاحب رہ گئے ان سے اور جمعہ سے جو لڑائی ہوئی اسے دیکھ کر ہم ہنستے ہنستے لوٹ پوٹ ہوگئے۔ ریچھ بھاری بھرکم جانور ہے اس لئے دوڑ نہیں سکتا۔ اس کی دو عجیب خاصیتیں ہیں۔ ایک تو یہ کہ وہ فوراً آدمیوں پر حملہ نہیں کرتا مگر جب وہ جاتا ہو تو اس کے راستے سے ضرور ہٹ جانا چاہیئے کیونکہ وہ کسی کو راستہ دینا نہیں چاہتا خواہ وہ جنگل کا بادشاہ شیر ہی کیوں نہ ہو۔ اور اگر اس پر ذرا سی بھی ٹھیکری پھینک دی جائے گی تو وہ فوراً حملہ کرے گا۔ دوسرے اگر کوئی اسے مارے گا تو وہ بغیر بدلہ لئے نہیں چھوڑے گا۔

ہم سب تو ریچھ کو دیکھ کر ڈر گئے لیکن جمعہ ہنس کر ریچھ سے کہنے لگا۔ ''آیئے مہربان ذرا میں آپ سے مصافحہ کرلوں'' میں کہا ''اے بیوقوف! کیا دیولنہ ہو گیا ہے؟ وہ تجھے کھا جائے گا''۔ اس نے کہا ''کچھ پرواہ نہ کیجئے، دیکھئے میں کیا کرتا ہوں۔'' اپنا گھوڑا میرے دوسرے نوکر کو تھما کر اور جوتے اتار کر وہ ریچھ کے قریب گیا۔ ریچھ صاحب خاموشی سے اپنے راستہ پر چلے جارہے تھے۔ جمعہ نے جا کر کہا۔ ''جناب میں آپ سے کچھ بات کرنی چاہتا ہوں۔'' یہ کہہ کر ایک بڑا سا پتھر اس کے سر پر دے مارا جس کی وجہ غصہ ہو کر ریچھ نے اس پیچھا کیا جمعہ دوڑ کر ایک درخت پر چڑھ کر ایک شاخ کے سرے پر جا کر بیٹھ گیا۔ ریچھ صاحب بھی درخت پر چڑھ گئے لیکن جب انہوں نے شاخ پر قدم رکھا تو جمعہ اسے ہلانے لگا۔ شاخ کے ہلنے سے ریچھ ڈگمگانے لگا اور پیچھے پلٹ کر دیکھنے لگا۔ ریچھ کی پریشانی دیکھ کر ہمیں بہت ہنسی آئی۔ اس طرح اس نے ریچھ کو کئی مرتبہ پریشان کیا۔ اس کے بعد ہمارے کہنے پر وہ نیچے اتر آیا۔ اپنے شکار کو جاتا دیکھ کر ریچھ بھی بہت احتیاط کے ساتھ پچھلے پاؤ کے بل اترنے لگا۔ جب بالکل زمین کے قریب آگیا تو جمعہ نے اس کے کان میں گولی مار دی اور ریچھ دھم سے مردہ ہو کر زمین پر گر پڑا۔

مردہ ریچھ کو وہیں چھوڑ کر ہم آگے بڑھے۔ راستے میں بہت سے بھیڑیے ملے جن میں سے بہت سوں کو ہم نے مار ڈالا اور باقی بھاگ گئے۔ اس کے بعد ہم

بارہ سنگھے کا شکار کر کے قیام گاہ پر واپس آ گئے۔

کیونکہ اب میں بہت امیر آدمی تھا اس لئے میں نے اپنے دونوں بھتیجوں کو اپنی نگرانی میں لے لیا۔ ایک کو تعلیم دلائی اور دوسرے کو جہاز رانی کا کام سکھایا۔ پانچ برس کے بعد اسے ہوشیار اور دلیر پا کر میں نے ایک جہاز خرید دیا اور اسی لڑکے نے مجھے سمندر کے سفر پر آمادہ کیا۔

اسی عرصے میں، میں شادی کر کے گھر آباد کر چکا تھا اور میرے ایک بیٹا اور دو بیٹیاں تھیں۔ بیوی کا انتقال ہو گیا تھا۔

اپنے بھتیجے کو ساتھ لے کر میں اس جزیرے میں بھی گیا جہاں میں نے اپنی زندگی کے پینتیس سال گذارے تھے وہاں کے لوگ اب اچھے خاصے مہذب ہو چکے تھے۔ اگرچہ انہوں نے مجھ کو روکنے کی بہت کوشش کی لیکن میں نہ رکا۔ میں تو سمندر کا لمبے سے لمبا سفر کرنا چاہتا تھا۔ اس لئے میں ایک لمبا سفر کر کے وطن واپس جانا چاہتا تھا۔

لیکن اتفاق ایسا ہوا کہ سمندر میں طوفان آ گیا اور جہاز اپنے راستے سے بھٹک گیا۔ راستہ بھول کر ہم آپ کی سرحد میں آ گئے اور نتیجہ کے طور پر ہم آپ کے سامنے قیدی کی حیثیت میں موجود ہیں۔"

اتنا کہہ کر باز بہادر چپ ہو گیا۔ سارے دربار پر ایک ڈراؤنی خاموشی چھائی

ہوئی تھی۔ ہر کوئی حیرت کا مجسمہ بنا باز بہادر کی آپ بیتی سن رہا تھا۔ ان میں سے کسی نے خواب میں بھی نہ سوچا تھا کہ کوئی شخص اتنی مصیبتیں برداشت بھی کر سکتا ہے! یا کسی شخص کے ساتھ ایسے حیرت انگیز واقعات پیش بھی آسکتے ہیں۔

"باز بہادر!" راجہ نے خاموشی توڑتے ہوئی کہا "ہم کو تمہاری آپ بیتی بہت پسند آئی ہے اس لئے ہم اپنے وعدے کے مطابق تم سب کو آزاد کرتے ہیں۔ لیکن ہاں یہ تو بتاؤ؟ ان میں تمہارا بھتیجا کونسا ہے؟"

باز بہادر نے ایک نوجوان ملاح کی طرف اشارہ کرتے ہوئے کہا۔ "یہ ہے!"

"خوب" راجہ نے کہا اور خاموش ہو گیا۔

اس کے بعد راجہ کے حکم سے تمام ملاحوں کو خلعت وانعامات سے نوازا گیا۔ باز بہادر کی آپ بیتی سونے چاندی کے پانی سے لکھ کر عجائب خانے میں رکھی گئی۔ راجہ کے خواہش پر باز بہادر نے بحری فوج کے افسر اعلیٰ کا عہدہ قبول کر لیا۔ اس کے زمانے میں راجہ کی بحری فوج بہت مضبوط ہو گئی اور اس کی طاقت کا سکہ آس پاس کی تمام ریاستوں پر بیٹھ گیا۔ باز بہادر کا بھتیجا اس زمانے میں اسی کے ساتھ رہا۔ راجہ کے خزانے سے دونوں کو معقول تنخواہ ملتی رہی لیکن باز بہادر ایک سفر اور کرنا چاہتا تھا اس لئے ہر وقت اسی کے بارے میں سوچتا رہتا تھا۔

****

بچوں کے لیے دلچسپ کہانیاں

سات کہانیاں

مصنف: یوسف ناظم

بین الاقوامی ایڈیشن شائع ہو چکا ہے

بچوں کی مزیدار کہانیاں

جادوگر

مصنف: رام سروپ کوشل

بین الاقوامی ایڈیشن شائع ہو چکا ہے